Arno Camenisch
Herr Anselm

1

Schau, ich habe dir ein paar schöne Blumen gebracht, sagt er und packt die Blumen aus dem Papier, neun Stück sind es, ich habe sie nachgezählt, genau neun auf den Punkt genau, das muss immer ungerade sein, eine Blume schöner als die andere, alle in Gelb, wie du sie am liebsten hattest, er lächelt und schaut die Blumen an und dreht sie in der Hand, heute bringe ich dir die gelben Blumen, die gelben Astern, aber sonst gibt es nicht farruct gute Nachrichten, also im Grunde überhaupt keine schönen Nachrichten, er fährt sich durch die Haare, besser gesagt katastrophale Nachrichten, novitads catastrofalas, ja, eine Catastrofa ist das, und das am ersten Schultag, hm, er drückt die Lippen aufeinander, wir sind ja in die erste Schulwoche gestartet, ich hatte dir davon erzählt, dass es dann bald losgehen wird, und am ersten Schultag haben sie uns auf dem falschen Fuss erwischt, von hinten in die Beine gegrätscht, also die feine Art ist das nicht. Wir brauchen ein Wunder.

Ein bisschen nervös ist man da schon, bevor es losgeht, den ersten Tag will man gut hinter sich bringen, da musst du gut durchkommen, darauf baut alles auf, ein solider erster Tag, ja kein Risiko eingehen, ist der erste Tag nicht gut, oh dann oho, das ist wie das erste Aufschlagspiel im Tennis, kannst ja nicht gleich den ersten Aufschlag ins Netz hauen, wo käme man denn da hin, der erste muss im Feld sein, sonst fängt es dir gleich oben im Kopf an zu drehen, das ist Psychologie nämlich, das Schuljahr gewinnst du im Kopf, und wenn du den ersten Aufschlag gleich den Göttern abgibst, na dann Gutnacht die Heiligen, dann hinkst du dem Rückstand nach wie einem verpassten Zug, sowas holt man nicht mehr ein. Aber eba, genau das ist passiert, eins zu null für die anderen, und zwar noch bevor das Spiel begonnen hat, er hält einen Augenblick inne und atmet tief durch. Sie wollen die Schule zumachen. Er schaut die Blumen an und dreht sie in der Hand, ja, das ist passiert, jetzt ist es raus. Einen besseren Tag hätten die sich nicht aussuchen können, um uns das mitzuteilen.

Es bleiben also noch etwas über dreihundert Tage bis zum Ende, wenn es nach ihnen geht, hm, ist nicht grad Schönes, das ich dir erzähle. Da freust du dich wie ein Kind auf Ostern und fängst dir eine Schwinta auf die Ohren ein, dass es durchs ganze Tal knallt, wo der Sommer doch bereits lang wie eine Autobahn war, sieben Wochen für die Heiligen. Seit du nicht mehr bist, sind mir die Ferien eine endlose Litanei, die ersten zwei Wochen geben ja noch etwas her, da hat man zu schrauben und ein bisschen Türen und Pultdeckel zu ölen, aber ab Woche drei gehst du durch die Steppe wie ein Kamel, das langsam ziemlich durstig wird, irgendwann ist ja auch mal guat mit den Ferien, eine endlose Sache, hat man das ganze Leben lang was geschraubt und gewerkelt, bleibt man nicht gerne stehen, das ist wie bei diesen Mustangs in

Amerika, diese wilden Rösser in der Prärie, die brauchen auch Auslauf, sonst werden ihnen die Hüften lahm, und ein Ross mit lahmen Hüften, wer will das schon, da geht man gleich lieber zu Fuss, er hebt die Augenbrauen. Ein Sommer ohne Ende, und das da, was man da im Fernsehen sieht, wie sie den ganzen Tag lang wie Plätzlis in der warmen Sonne herumliegen, dass sie am Abend einen Kopf wie eine Bratpfanne haben und nicht mehr so genau wissen, ob sie jetzt an der Costa Brava oder doch in Curaçao sind, das ist eben nichts für mich, erst jetzt fange ich nicht damit an, also soll sich brätlen, wer will, für mich ist das jedenfalls nichts. Da ist man eba schon froh, wenn es wieder losgeht endlich und wir ins Schuljahr starten können, oh jo, aber mit dem traditionellen Apéro nach dem ersten Schultag, wie sich das eingespielt hatte über die Jahre, war heute nichts, dafür war der Start zu nüchtern, wenn sie uns denn schon solche Absichten eröffnen, muss man nicht so tun, als wäre das scho guat, das ist es nämlich nicht, zuerst eine um die Ohren knallen und danach einen Apéro auftischen, nai, nai, also grad kaufen lassen wir uns nicht, wo käme man denn da hin.

Er riecht an den Blumen, der Geri hatte doch so ein Rennross, das ihm über die Felder und Wiesen donnerte wie eine Kanonenkugel, wenn du sowas einsperrst, brichst du ihm das Herz, und es wird dir traurig und stirbt dir dahin. Da wird es öppa mal Zeit, dass der grosse Motor wieder angeworfen wird und es losgeht. So bin ich am ersten Morgen mit meinem Töffli die Strasse die paar Kurven hochgefahren, also schon huara schön, wenn du am Morgen so raufratterst und die ersten Sonnenstrahlen über das Dach streichen, wie ein grosses Schiff thront die Schule auf dem Hügel über dem Dorf, da wird es einem grad etwas warm auf der Seele, und ich habe das Töffli neben dem Portal abgestellt, wie ich es immer tue, und zwar genau dort, wo ich es immer abstelle, und habe noch kontrolliert, dass der Tank gut zugemacht ist, nicht dass mir vielleicht einer dieser Bengel einen Spass spielt und Zuckerwürfel in den Tank tut, wie wir das früher mit dem Abwart machten, dann liegt dir das Töffli nämli nach ein paar Wochen ab, der Zucker setzt sich allmählich wie ein Krebs im Motor fest und zerfrisst ihn von innen, ein langsamer Tod für ein treues Töffli, bis der Motor stirbt und nicht mehr angeht, also lieber vorsorgen, so ein Puch Maxi ist selten, das sind die besten. Als ich also das Töffli abgestellt habe und mit meinem blauen Kittel und viel Schwung ins Lehrerzimmer gekommen bin, buongiorno a tutti, hing am Brett das Blatt der Behörde mit der Ankündigung, dass sie die Schule zumachen wollen auf den Sommer hin. Na sowas, habe ich mir gedacht und mich erst mal am Kopf gekratzt. Die Angelica von der Religion, eine Frau gross wie ein Schrank, stand am Lehrertisch in der Mitte und drehte ihren Apfelschäler. Hm, habe ich mir gedacht, das ist nie ein gutes Zeichen, wenn die Angelica ihren Apfelschäler dreht, dann heisst das nie etwas Gutes.

Wie eine Grätsche von hinten kommt dir das vor, sollen sie einem wenigstens in die Augen schauen, wenn sie einem schon einen Haken versetzen wollen, damit man auch die Chance hat, auszuweichen und mit einem Magabox zu kontern, aber nai, dafür sind sie zu feige, sie hängen lieber über Nacht ein Blättli an das Brett und stehlen sich davon, noch bevor es wieder hell wird, damit sie ja nicht dem Abwart begegnen. Aber für eine Gegenüberstellung fehlt ihnen die Courage im Herzen, dafür bräuchte man nämlich Profil und Konturen, und etwas Charakter öppa, aber das haben diese Lampione nicht. Die wollen lieber die Schule zumachen und denken erst nach der Pension nach, was sie wirklich angerichtet haben, und staunen dann vielleicht noch, warum keine jungen Familien mehr ins Dorf ziehen. Ja, wenn die Schule mal zu ist, ist sie zu. Dass sie damit das Dorf austrocknen, darauf würden sie auch über den Tod hinaus nicht kommen. Zuerst schiessen und dann zielen. Ja, wie stellt man sich denn sowas vor, ein Dorf ohne Schule, sagt er und hebt die Hände auf die Seiten, die Schule ist das Flaggschiff im Dorf, das fährt voraus und dient zur Orientierung, bei all dem Chaos dort draussen in der Welt, das Flaggschiff gibt die Richtung vor, das ist der Kompass. Ohne Flaggschiff landest du im Bermudadreieck und gehst verloren für immer und ewig, wären denn nicht die ersten, es sind sich bereits etliche selber abhanden gekommen da draussen und fanden nie mehr zurück.

Ja, ich weiss, sagt er und hebt die Schultern, Amore, hättest du mir gesagt, nicht aufregen, das Herz, und wärst mir mit der Hand über den Nacken gefahren, dass ich ganz zahm geworden wäre, ich weiss, ich sollte mich nicht aufregen, er atmet tief durch und schaut in den Himmel. Aber wie will man sich da nicht aufregen, so etwas jagt einem grad das Feuer durch die Adern, so eine hinterlistige Sache, da kommt man sich vor wie in diesen Filmen, wenn der Halunke sich von hinten anschleicht und dir ein Tuch mit Chloroform auf den Mund drückt, dass dir zuerst die Knie weich wie Gummi werden und du dann zusammensinkst wie ein Kartoffelsack, er nickt und hebt die Augenbrauen. Aber grad eine Herzbaracca fange ich mir deswegen nicht ein, mach dir keine Sorgen, das würde denen so passen, aber diesen Gefallen mache ich ihnen nicht, das Herz schlägt wie ein Metronom, hat der Arzt gesagt, ich war nämlich am Freitag vor dem Schulstart auf Besuch beim Herrn Doktor, dem jungen da vom Konrad mit dem Lächeln schön wie ein Badezimmer, der die Praxis übernommen hat im Frühling, ein lieber Kerli ist das, und hin und wieder muss man ja auf Kontrolle gehen, so bin ich am Freitag hin, wie ich es immer vor dem Schulstart mache, noch ein letzter Check, bevor man sich auf die Reise macht, unter dem Schuljahr bleibt einem keine Zeit für solche Spässe, und der liebe Doktor meinte, ich sei noch gut im Schuss für mein Alter, ich hätte ein Herz wie ein Löwe, was man nicht von allen behaupten könne, die afängs sechzig seien.

So wie es aussieht, dauert es also noch eine Weile, bis ich dir in die Ewigkeit folge, zuerst muss noch zu Ende gelebt werden, und ein paar Sachen gibt es auch noch zu erledigen.

Ich habe dem Doktor danke gesagt für seine Mühen, und ob er sich sicher sei, dass das Herz wirklich noch so kräftig sei, das Herz sei nämlich der wunde Punkt in der Familie, sowas muss man denen sagen, wenn man das erste Mal bei ihnen auf Kontrolle ist, davor war ich ja stets bei seinem Vater, dem alten Konrad, der hat sich aber pensionieren lassen und hat die Praxis dem Sohnemann übergeben, beim alten Konrad weiss man nämlich nicht mehr immer, wo er ist, also im Kopf, meine ich, es komme ihm afängs der Verstand ein bisschen abhanden, wird gesagt. Der arme Kerli erkennt die Leute nicht mehr immer, aber spaziert noch gerne mit seinem Köfferli durchs Dorf und läutet an den Haustüren, wie wenn nichts wäre, ja, hat man sein Leben lang den Arzt gegeben, ist das auch noch über die Pension hinaus, das ist programmiert, das sind Automatismen und geht ganz von alleine ohne nachzudenken, der steht am Morgen auf und macht sich schick, packt seinen Arztkoffer aus Leder und spaziert durchs Dorf, ja, ja, bei dem war ich bereits als Kind, und bevor man wieder zur Türe rausdurfte, sagte er immer, Haltung, junger Mann, die Haltung ist das höchste. Mein Grossvater hat ihn beim Wort genommen und ist an einem Sonntagmorgen gestorben, aber erst nachdem er den Stall besorgt hatte. Ein Sonntagmorgen zum Sterben, das ist grad ziemlich feierlich, andere sterben unter der Woche, als wäre das was Beiläufiges, dann doch lieber am Sonntag sterben, auf dem Höhepunkt, dann muss man abtreten, und der Sonntag ist auf jeden Fall ein würdiger Tag zum Sterben. Am Sonntagmorgen hat er sich also die schönen Kleider angezogen, ein sauberes Hemd, die schöne Hose mit dem neuen Tschopen, im Jackett die Sackuhr, dazu den Sonntagshut, die Grossmutter hat noch Jahre danach gesagt, dass sie in diesem Moment, als er auf der Türschwelle kurz innehielt und nochmals zurückschaute, genau wusste, dass er nicht mehr kommen würde. Das stand in seinen Augen, sagte sie, ja-a, das ist die weibliche Intuition, sowas merken die Frauen, sie haben das Gefühl dafür, was kommen wird, so wie du, mia Cara, sagt er und atmet tief durch, du hattest das auch, dieses Gspüri für das Leben, er schaut die gelben Blumen in der Hand an, hm.

Der Grossvater hat also auf der Türschwelle zurückgeschaut und ist dann an diesem Sonntagmorgen im September zu seinem Maiensäss hochgefahren, wo er seine Kühe hatte, hat den Tschopen aufgehängt und den Hut auf die Ablage gelegt, seine Kühe gemolken und gefüttert und den Stall besorgt, und als alles erledigt war, hat er sich seinen Hut aufgesetzt und seinen Tschopen angezogen und ist aus dem Stall gegangen. Genau auf der Türschwelle vom Stall ist er zusammengebrochen und war tot, als würde er über die Türschwelle ins Jenseits gehen, nur den Körper liess er liegen. Das Herz ist ihm stehen geblieben, wie abgeschaltet, das habe ich dem Doktor erzählt, damit er gleich weiss, woran er ist. Keine Sorge, hat der junge Konrad gesagt und gelächelt, so schnell explodiert Ihnen das Herz nicht, das ist wild und stark wie das eines Löwen. Ja, wenn Sie meinen, habe ich gesagt und den Hut aufgesetzt, dann vielen Dank und auf Wiedersehen in einem Jahr, und bin gegangen. Ein bisschen mehr Salat und Gemüse hat er mir verschrieben, aber wenn's nur das ist, sagt er und hebt die Schultern, und hin und wieder etwas Fisch, ich solle doch fischen gehen. Hm, habe ich gesagt, aber was ich davon halten soll, habe ich mir noch nicht überlegt, er lächelt, wäre auch komisch, wenn ich plötzlich fischen gehen würde, nicht?

Also eigentlich wäre alles angerichtet gewesen für einen ersten guten Schultag, und das Töffli hatte ich am Samstag auch noch aufgetankt drüben beim Kiosk, und bin am Sonntag zu Fuss gegangen, was übrigens auch noch ein Rat vom freundlichen Doktor war, das sei gut für meinen Rücken, dann gehe ich am Sonntag zu Fuss, habe ich mir gedacht, und hatte so den Tank am Montag auch gleich immer noch voll, das hat nämlich auch mit Haltung zu tun, wie der alte Konrad sagte, am ersten Tag steht man mit aufgeladenen Batterien hin, und nicht öppa mit einem halben Tank, und da fängst du dir einen Tiefschlag ein, sobald du über die Türschwelle trittst, na sowas.

Aber grad so einfach nehmen wir das denk nicht hin, wo käme man denn da hin, sagt er und hält die gelben Blumen in der Hand, nur mit dem Zetteli am Anschlag ist es denn nicht getan, gell, und nur weil man in der ersten Runde auf die Bretter geht, heisst das noch lange nicht, dass man nicht wieder aufsteht. Ein Boxkampf geht für üblich über zwölf Runden, im Schwergewicht jedenfalls, das wissen wir nämli schon, und den gewinnt man in den Füssen, das ist wie bei der Komik auch, die entsteht in den Füssen. Das siehst du beim Chaplin, den wir so gerne geschaut haben als Kinder im Fernsehen, bis einem die Tränen kamen und man nicht wusste, ob man jetzt lachte oder weinte.

Er geht in die Knie und legt das Papier auf dem Kies aus, legt die gelben Blumen drauf und nimmt die grüne Vase mit den verwelkten Blumen in die Hand, die hier, die Blumen von letzter Woche, die tun wir mal weg, die haben sich gut gehalten, obwohl es so warm war, natürlich, in den Hundstagen ist es meistens wärmer als susch, aber dieses Jahr haben sie dann doch übertrieben, also ich könnte mich nicht erinnern, je einen so warmen Sommer erlebt zu haben, wenn Petrus den Ofen so aufdreht, käme man glatt auf die Idee, ihm sei der Verstand abhandengekommen wie dem alten Konrad, dem lieben Medizinmann, und geregnet hat es kaum mal über den Sommer hinweg, wenn es wenigstens ein paar heftige Gewitter gegeben hätte am Abend, aber nai, nicht mal das, also frag mich nicht, wohin das führt, und der Winter war auch eine liederliche Sache, da fehlt in der Höhe denk das Schmelzwasser, und die Pegelstände der Bäche und Flüsse sind afängs ja so tief wie selten mal zuvor, also wenn das so weitergeht, sieht es hier bald aus wie in La Mancha. Wollen wir hoffen, dass der Himmel bald bricht und uns die Seen wieder auffüllt, er leert das alte Wasser von der grünen Vase aus, aber wenigstens haben die Blumen von letzter Woche so lange gehalten. An so warme Sommer werden wir uns hoffentlich nicht gewöhnen müssen in Zukunft, das wäre denn eine triste Sache, sagt er und schaut den Grabstein an, aber die Menschen nehmen die Veränderung meistens erst dann wahr, wenn sie schon passiert ist. Ja, ja, wenn wir wüssten, was morgen ist, sagt er und richtet sich auf, sollen sie uns doch eins auf die Nase hauen, und noch eins, wir stehen wieder auf, immer wieder stehen wir von neuem wieder auf. Die Niederlage fürchten wir nicht, das haben wir denen nämli voraus, aber davon verstehen diese Globis mit ihren Cravattas nichts.

Etwas zappelig wird man halt schon, je näher der Start rückt, da fängt man an die Tage zu zählen und tigert umanand, sagt er und geht mit der grünen Vase zum Wasserhahn an der Mauer rüber, etwas Aufregung ist ja nichts Schlechtes, das braucht es, damit die innere Lampe angeht, la luce, wie die Marina immer sagt, die Schauspielerin, die ihr Leben auf der Bühne verbracht hat und im Nachbarsdorf ein Ferienhüttli hat, wo sie sich zurückzieht, um ihre Rollen für die Schauspielerei einzustudieren. Wir sind ja gerne mal an den Sonntagen zu ihr und dem Giuseppe auf einen Caffee, wenn wir am Wochenende eine kleine Wanderung machten, auf dem Weg haben wir ein paar Erdbeeren gepflückt oder auch Heidelbeeren, grad was so Saison war, bevor wir die Strasse hoch sind und bei ihnen im Garten vor dem Ferienhüsli sassen, diese Bergkulisse, sagte die Marina immer, che meraviglioso, und du hast immer etwas geschmunzelt, ja, wenn man hier lebt, braucht es jemanden von aussen, der einem sagt, wie umwerfend das hier nämlich ist, diese Berge und die Täler und das Licht. Sie kommen ja immer hier rauf, von Milano aus fahren sie über Chiasso rauf an Bellinzona vorbei und bei Biasca rechts hoch und über den Lukmanierpass, und dann ist man schon beinahe da, wir haben sie ja mal besucht in Milano, was scho recht war, aber an so Städte müsste man sich zuerst gewöhnen, das sind Ungeheuer, da versteht man schon, dass die Marina gerne in die Berge fährt, um etwas in die Stille zu kommen, die brauche sie nämlich, sagte sie, um in ihre Rollen einzutauchen für das Theater, in der Stadt sei dafür zu viel Casino, troppo casino, wie sie sagte.

Ja, ja, la luce, sagte die Marina, wenn wir da bei ihr im Garten lagen und ihr euch plötzlich auf Italienisch unterhalten und gelacht habt, und ich auf diesem schönen Liegestuhl mit dem Blumenmuster in der

Sonne unter dem Sonnenschirm eine kleine Siesta machte, bevor es eine Spaghettata gab, wie man sie sein Leben lang nicht vergisst, mit einem Rosso aus dem Piemonte bis in den Abend hinein, und wir da sassen im Garten, bis der Himmel überzogen war mit Millionen von Sternen dort oben in der Galaxie, dass es einen ganz glücklich machte in der Brust. Drei Milliarden Sterne gibt es dort draussen in der Galaxie, man stelle sich das mal vor, drei Milliarden, und vielleicht noch viele mehr. Die Marina hat uns jedenfalls manchmal erzählt, dass ihr das Herz beinahe zur Brust rausschlage, bevor das grosse Licht angehe im Theater und sie raus auf die Bühne gehe, da schiesse einem das Adrenalin durch die Adern, das sei elektrisch und das vergehe denn nicht, wenn man älter werde, dieses Flimmern, bevor sie rausgehe, das sei jedes Mal wieder von neuem ein Stromschlag. Ja, ja, dieses Kribbeln, das verleiht einem den Glanz in den Augen, und sobald du da draussen bist, bist du um zwanzig Jahre jünger, wie verwandelt ist man da draussen, und hat einer davor noch einen Hinkefuss oder kann kaum aufrecht stehen wegem Kreuz, sind sie da draussen wie junge Häsli und springen herum, dass man fast meinte, da sei Zauberei im Spiel.

Er legt die verwelkten Blumen neben dem Wasserhahn auf die Mauer und füllt frisches Wasser in die grüne Vase, die Zeichen der Zeit, sagt er vor sich hin und kommt mit der gefüllten Vase zum Grab rüber, wir wollen ja nicht sagen, dass wir nicht damit gerechnet hätten, dass sie die Schule, das schöne Schiff, auf Grund fahren lassen wollen, früher oder später musste das ja so weit kommen, seit der andere da Gmaindspräsident ist, der Peppone mit dem Moustache wie eine Schuhbürste zmitzt durchs Gesicht, geht es hier nur noch ums Geld. Sobald sie gewählt sind, wollen sie der Welt beweisen, dass man sie nicht für nüt gewählt hat, und setzen den Rotstift an, damit man ja nicht meinen könnte, dass sie Flaschen sind, sagt er und bleibt mit der grünen Vase vor dem Grab stehen, aber auch wenn es unser letztes Schuljahr sein sollte, dieses lassen wir uns nicht verderben, wenn schon untergehen, dann richtig, mit Pomp und Posaunen und wehender Fahne. Also wenn sie meinen, sie könnten uns am ersten Tag von hinten in die Beine grätschen einfach so, haben sie sich vielleicht getäuscht, so einfach lassen wir uns das nicht gefallen, dafür haben wir bereits zu viel von dieser Welt gesehen, wir haben nämlich Nehmerqualitäten, ja, ja, sagt er und nickt, sollen sie uns doch auf die Bretter hauen, wir können einstecken, das ist nämlich das, was einen Champion erst ausmacht, seine Nehmerqualitäten, das macht seine Grösse aus. Das ist wie bei diesen Fussballern da im Fernsehen, den Guten fahren sie eins ums andere Mal in die Beine, hier eine Grätsche und dort ein Ellenbogen auf die Nase, da wird getreten und gehauen, was das Zeug hält, um sie von den Beinen zu holen, aber am Schluss schiessen sie trotzdem drei Tore und würden sich nicht mal beklagen, dass man ihnen das ganze

Spiel lang auf den Füssen rumgestanden ist, um sie fertigzumachen, nai, nai, die stehen aufrecht hin und halten den Blick, sagt er und nickt. Die Haltung, mhm, da hatte der alte Konrad nicht Unrecht, das muss man ihm lassen, sagt er und stellt die gelben Blumen in die grüne Vase mit dem frischen Wasser. Er stellt die Vase mit den Blumen auf das Grab. Die Nachmittagssonne scheint. Ein leichter Wind geht.

2

Dreiunddreissig Jahre bin ich nun bereits Abwart an dieser schönen Schule, dreiunddreissig, sagt er und lächelt, und am Ende wird man gekreuzigt, und andere wiederum sterben mit siebenundzwanzig, aber die haben sich auch dementsprechend berauscht, so wie andere in neunzig Jahren nicht, wie auch immer, nun geben sie einem jedenfalls noch etwas über dreihundert Tage, der September ist bald angeschnitten, ich habe nachgezählt, es sind noch dreihundertelf Tage bis zum Ende, wir sind auf der Ehrenrunde. Aber wenigstens ist es noch schön warm, der Sommer strahlt dem September zum Fenster rein. Er summt ein Lied und trägt die hellgrüne Giesskanne vom Wasserhahn zum Grab rüber. Das Wasser plätschert in der Giesskanne. Wir haben jedenfalls Protest eingelegt, und zwar per Telefon haben wir das mitgeteilt. Am ersten Tag haben wir den Hörer in die Hand genommen und die Nummer gewählt an der

Drehscheibe, das schöne schwarze Telefon hängt ja im Lehrerzimmer, und gleich angerufen, um ihnen zu sagen, woran sie sind, damit sie es gleich wissen, aber diese Missiörs haben nicht gross was gesagt, also eigentlich haben sie gar nicht reagiert, der Herr Präsident sei grad ausser Haus, und ob man ihm was ausrichten könne. Will mir aber niemand behaupten, dass der Schani nicht im Haus war, was der König ausser Haus zu suchen hätte, frage ich mich, aber wenn es darum geht, hinzustehen, ja, da waren sie noch nie die grossen Kanonen, da lassen sie lieber über das Sekretariat ausrichten, man sei gerade nicht zugegen. Ja, sie haben lediglich gesagt, dass man das dem Herrn Gmaindspräsident ausrichten werde, und man werde sich Gedanken darüber machen und melde sich. Das ist auch bereits ein paar Tage her, dass wir angerufen haben, und einen Brief haben wir auch noch gleich aufgesetzt, wo alles drinsteht, einfach für den Fall, dass sie es vergessen hätten und dann sagen, sie wüssten von nichts, das muss denk schon offiziell sein, mit den Unterschriften vom geschlossenen Lehrercorpus samt Angelica von der Religion und Abwart drauf, und dann müssen sie reagieren, so läuft dieser Mecanismus denk. Es ist dann umgehend ein Brief gekommen, dass sie die Protestnote denn erhalten hätten, und man denke darüber nach, was so viel heisst wia nüt, eine leere Büchse ist das, aber jetzt sind sie am Zug. Ja, dann schauen wir mal, was das viele Nachdenken für Wellen schlägt und ob das Früchte abwirft, das Denken ist nämlich nicht allen gegeben, es gibt auch solche, die über Jahre hinweg nachdenken und immer noch im Kreis fahren. Nur weil man älter wird, heisst das noch lange nicht, dass man auch weiser wird. Auch Idioten werden älter, oh ja, aber sowas darf man ja nicht laut sagen, so wahr es auch ist. Er streckt den Rücken durch und trocknet die Hände an den Hosen ab.

Und wenn sie immer noch meinen, unser schönes Flaggschiff müsse geräumt werden, ja, dann gehen wir in den Streik, er hebt die Augenbrauen. Zuerst ein passiver Streik, versteht sich, als Warnschuss, wir stellen uns zwar im Tenue komplett auf, der Lehrercorpus in die Schulstuben, wo er hingehört, und der Abwart stellt sich vor dem schönen Schulhaus auf, gearbeitet wird denk nicht, das ist ja der Clou beim passiven Streik, die Lehrerschaft stellt sich nur in die schönen Schulstuben, damit die Kinder nicht alleine sind und keinen Saich anstellen, aber unterrichtet wird denk nicht, die lieben Kinder dürfen dafür ein bisschen was zeichnen, ein Haus von mir aus und einen Baum und ein paar Vögel, grad was ihnen so in den Kopf kommt, und sobald es glöckelet, gehen die Kinder wieder nach Hause, und wir haben Feierabend. Und das machen wir solange, bis sich diese Herrschaften die Mühe machen, den Weg hoch zur Schule zu kommen und uns mal anzuhören, das steht nämlich im Gesetzesbuch, das Recht auf eine Anhörung steht uns zu, wir sind ja hier nicht im Mittelalter, da konnte man die Leute noch hängen oder strecken oder in Stücke reissen, wie man wollte, grad je nachdem, worauf man gerade Lust hatte, aber heute ist das denk anders, das Mittelalter ist bekanntlich vorbei. Er nickt und packt die Giesskanne und setzt ihr den Aufsatz auf.

Geduld haben wir inzwischen genug, das hat uns das Leben beigebracht, der liebe Gott hat es nämlich nicht pressant, sagt er und hält die Giesskanne in der Hand, wir sind noch lange stark. Gestern war jedenfalls der Fotograf hier, der kommt immer in der ersten Schulwoche, zuverlässig wie ein Wecker taucht er auf und bezeugt, dass es uns gegeben hat, das ist eine gute Nachricht, der liebe Kerli sieht aus, als käme er direkt aus Paris herbestellt, mit diesem Spitzbart und einem dieser Citroën grün wie ein Wald, kommt aber nur aus dem Schaffhausischen hochgefahren, den Fotografen extra aus Paris herbestellen für die Fotografie wäre wohl ein bisschen übertrieben, sagt er. Man sieht ihn schon von weitem das Tal hinauffahren mit seinem Citroën, durchs Dorf und die paar Kurven zur Schule hoch, wo er seinen Wagen wie eine Rakete mitten vor den Eingang stellt, dass man ihn jedes Jahr bitten muss, den Wagen doch etwas weiter drüben zu parkieren, bevor er Kisten und Stative aus dem Kofferraum packt und sie vor dem grossen Portal aufbaut, ui, hat der viel Material dabei, man würde glatt meinen, der baue hier eine Bühne für ein Rockkonzert auf, nur dass er das Rohr jedes Jahr wieder von neuem in die falsche

Richtung aufstellt, da braucht es immer ein bisschen Überzeugungsarbeit, dass er das Rohr gegen das Schulhaus richtet, wenn man schon so ein schönes Schulhaus hat, und nicht gegen das Tal, der würde halt am liebsten das Tal mit den Bergen im Hintergrund als Kulisse haben. Und dann kommen die Kinder und der geschlossene Lehrkörper raus, und dann wird fotografiert, was das Zeug hält. Die Kleinen haben meistens ein bisschen den Bammel bei einer so grossen Kamera, weil sie aussieht wie eine Kanone, da versteht man schon, wenn nicht alle auf den Fotos lachen. Ja, solange der Fotograf, die gute Seele, uns auf dem Radar hat, sind wir nicht verloren.

Er giesst das Grab, mit der Schule stirbt auch die Erinnerung, ich habe unten in meiner Werkstatt ein Foto von jedem der dreiunddreissig Jahre aufbewahrt, und jedes Jahr kommt ein neues Foto dazu, das ist das Archiv, das Hirn der Schule, und eine Liste mit den Namen der Kinder habe ich beigelegt, schön sauber von Hand geschrieben, und zwar mit Bleistift, das ist nämlich das einzige, was archivtauglich ist, diese Kugelschreiber sehen zwar festlich aus, wenn man mit diesen schreibt oder vielleicht sogar mit Tinte, wie diese Staatsleute im Fernsehen, wenn sie die dicken Verträge unterschreiben, aber mit den Jahren verblasst die Schrift und verschwindet, das einzige, was nicht verschwindet, ist der Bleistift, Wichtiges muss man immer mit Bleistift schreiben, das hat mir der Archivar von der Kantonsbibliothek gesagt, als ich dort unten mal auf Besuch war. Und seitdem mache ich die Listen auch mit Bleistift, damit nicht vergessen geht, wer alles hier war. Wir haben inzwischen einige kommen und gehen sehen, ja, ja, hier sind viele durchgekommen, durch dieses Portal, hier kommt niemand dran vorbei, das ist das Tor zur Welt, und von hier aus ziehen sie ihre Fäden raus in die Weiten dieser Welt. Am Morgen stehe ich manchmal oben bei der Schule vor dem grossen Tor und schaue runter, wie die Kinder die Strasse hochlaufen, im ersten Jahr noch ganz aufgeregt, mit diesen Tornistern auf dem Rücken sehen sie aus wie Astronauten, und mit jedem Jahr werden sie etwas grösser, und ein paar auch etwas frecher, bis sie am letzten Schultag, ausgestattet mit dem nötigen Rüstzeug, das man da draussen halt so braucht, davonfliegen, raus in die Welt wie Vögel, wenn sie das Nest verlassen.

Er summt ein Lied vor sich hin und schaut in den Himmel, es ist ja nicht so, dass man den Kindern das Wissen reinschaufeln kann, lernen tut jemand nur, wenn er auch will, die Basis ist, dass sie gerne hierher kommen und Freude haben, ja, ja, die Freude ist die Basis, wenn ihnen das Wissen eingetrichtert wird, das geht eben nicht, das kann man nicht aufeinanderstapeln wie Ziegelsteine, das geht nun mal nicht, nur weil jemand die Präpositionen runterrattern kann, heisst das noch lange nicht, dass man das auch verstanden hat, wie das hier dreht. Ich bin ja nur der Abwart, sagt er, ich will ja nicht behaupten, dass ich was davon verstehen würde, wie denn auch, es ist ja nicht so, dass ich noch nie in einem Schulzimmer gestanden hätte, das kommt schon hin und wieder vor, wenn eine Lehrerin oder ein Lehrer krank ist und man sie vertreten muss, oder die Angelica von der Religion, so bin ich eingesprungen, das ging ganz flott, aber eine Garantie für einen schönen Weg gibt es leider auch bei uns nicht, auch wenn die Schule ein Bijou ist, und nur weil einer viel Talent hat, heisst das eben noch nicht, dass er es auch zu etwas bringen wird, das ist ja schliesslich keine Schule für Zauberei. Es sind ja nie die mit den grössten Talenten, die sich durchsetzen, also wenn ich aus den dreiunddreissig Jahren was gelernt habe, dann das, dass es eben nicht die Talentiertesten sind, die ihren Weg gehen, sondern die, die sich um ihre Schwächen bewusst sind und es verstehen, diese in eine Stärke umzuwandeln, oh jo, das ist, worauf es im Leben ankommt, um die Umkehrung denk, das Schlechte in etwas Gutes zu verwandeln, er hebt die Augenbrauen und nickt. Es gibt nämlich die, die mit bescheidenem Rüstzeug hier auftauchen, dass man sich denkt, Himmelsterna, wie ungerecht das schon wieder verteilt wurde vom Herrgott dort oben im Himmel, und dann einen Weg machen, dass alle staunen, und andere tragen die Talente, die sie im Überfluss bekommen haben, noch am ersten Tag nach dem letzten Schuljahr in die nächste Beiz und ertränken sie dort im Bier. Er stellt die Giesskanne neben dem Grab ab.

Er fährt mit dem Ärmel über die Stirn, ui, ist das warm, sagt er vor sich hin, dieses Jahr will der Sommer nicht brechen, der September ist bald angeschnitten, aber es kommt einem vor, als stünde man noch bis zu den Knien im August, wie lange Petrus uns noch hinhalten will, fragt man sich, es dürfte nämlich wieder mal regnen, so versiegen uns mit der Zeit noch die Quellen. Etwas Regen wäre noch eine gute Sache, sagt er, das Reservoir drüben oberhalb vom Kiosk im Wald ist nicht mal mehr zur Hälfte voll, geht es so weiter, wird uns irgendwann noch das Wasser ausgehen, wo wir doch hier in den Bergen das Wasserschloss sind. Ich habe auf der Karte nachgeschaut, drüben im Engadin, auf dem Passo Lunghin, gleich bei Maloja um die Ecke ist die Wasserscheide, da sind wir mal durchgefahren, als wir in den Süden sind, mit dem Wagen über die Pässe bis ins Engadin sind wir, den Silsersee entlang durch diese schöne Ebene mit den imposanten Bergen bis rüber nach Maloja, und dann die vielen Kehren runter ins Bergell bis nach Chiavenna, du am Steuer mit dem Wind im Haar und ich auf dem Beifahrersitz mit der Geografiekarte, Tage ohne Ende, und übernachtet haben wir mal hier mal da, er lächelt und nickt, ich sehe dich heute noch am Silsersee stehen mit diesem Lächeln, und eben gleich da bei Maloja in der Nähe ist die Wasserscheide, eine dreifache, von dort aus ziehen die Wasser in alle Himmelsrichtungen durch ganz Europa, sagt er und stellt die Giesskanne unter den Wasserhahn, also wenn man nach Osten schaut, da fliesst das Wasser in den Inn und weiter in die Donau bis ins Schwarze Meer, nach Norden, oder eher Westen, oder sagen wir, Nordwesten, fliesst das Wasser über einen kleinen Fluss, frag mich nicht, wie dieser schon wieder heisst, das habe ich nämlich vergessen, aber das fliesst jedenfalls runter bis in den Rhein, und von dort aus weiter in die Nordsee, und gegen Süden fliesst eben die Maira, wo wir durchgefahren sind, durch die ganze Bregaglia bis in den Comersee und weiter mit dem Po bis ins Mittelmeer, sagt er und dreht den Wasserhahn auf.

Ich habe es dann aufgeschrieben, nachdem du gestorben warst und ich nicht wusste, wohin mit all der Traurigkeit, da haben mir die Marina und der Giuseppe gesagt, ich soll schreiben, was denn schreiben, habe ich gefragt, einfach aufschreiben, hat sie gesagt, aber ich müsse das von Hand machen, damit die Traurigkeit langsam in die Hände übergeht. So dass ich halt angefangen habe, aufzuschreiben, und weil ich nicht wusste, was ich aufschreiben sollte, habe ich halt aufgeschrieben, wie wir über den Julierpass ins Engadin gefahren sind und dort auf dem Pass bei der kleinen Brücke die Füsse ins kalte Wasser gehalten haben, und wie wir weitergefahren sind, habe ich aufgeschrieben und immer weiter aufgeschrieben, genau so, wie die Marina und der Giuseppe es gesagt hatten, die ganze Geschichte habe ich aufgeschrieben, bis mir die Hände weh taten vom Schreiben und es mir ein wenig besser ging, hm.

Er dreht den Wasserhahn zu und packt die Giesskanne und stellt sie an die Mauer, das Wasser muss man ein paar Tage stehen lassen, sagt er, dann ist es perfekt, sodali, die bleibt also mal da, bis ich wiederkomme, ja, das Wasser hat man jedenfalls rationiert, sagt er, also nicht gerade rationiert, das wäre dann erst ein nächster Schritt, aber die Leute im Tal sind schon angewiesen worden, dass das Wasser afängs etwas knapp ist und man lieber nicht jeden Tag den Garten giessen sollte, für wer so einen grünen Rasen hat wie ein Golfplatz, wie das afängs in Mode ist, man könnte meinen, man sei in Grossbritannien, in den Nachrichten haben sie jedenfalls gesagt, dass die Flüsse kaum mehr Wasser hätten, sogar der Rheinfall sehe ziemlich armselig aus, wo man doch meinte, das Wasser höre dort nie auf zu fliessen, und die Pegelstände der Seen sind so tief, dass die Schiffe erst mal dort bleiben, wo sie sind, wenn man das uns vor ein paar Jahrzehnten gesagt hätte, das komme mal so weit, wir hätten gemeint, dass die glatt lügen. Ja, ja, das Wasser ist das neue Gold, wenn das so weitergeht, sieht es hier bald aus wie in Marokko. Im Radio haben sie nämlich gesagt, dass es bereits ganze Städte auf der Welt gibt, die Wasser sparen müssen, da hat jeder nur noch so und so viel Wasser pro Tag, die ersten überlegen sich bereits, ob sie doch nicht lieber auf den Mond ziehen sollten. Nun, ja, bei einigen wäre man noch froh, wenn es sie auf den Mond ziehen würde, wie dieser Bschissikopf aus America, den man jeden zweiten Tag in den Nachrichten sieht, man getraut sich ja kaum mehr, die Kiste einzuschalten vor lauter Angst, der andere da mit dem Gesicht platt wie ein Pfannkuchen flimmere wieder über den Bildschirm.

Und für den Gmaindspräsidenten und seine Ontourage hätte es sicher auch noch ein bisschen Platz auf dem Mond, anstatt dass sie uns die schöne Schule schliessen wollen. Dort können sie dann machen, was sie wollen, das ist dann nicht mehr unsere Suppe. Wie ich die kenne, versuchen sie wohl, das ganze Prozedere in die Länge zu ziehen, aber wir lassen uns nicht provozieren, nai sep. Du kannst deine Mitmenschen doch nicht so behandeln, das ist ein Bumerang, man kann nicht bschissa und auch noch meinen, dass man damit durchkommt, das ist nämlich ein Naturgesetz, das geht nicht. Ich will ja nicht behaupten, dass wir nur Kanonen im Schulzimmer waren, aber die Tante Tresa hat uns wenigstens beigebracht, worauf es im Leben ankommt, wir sind nämlich keine Tiere, darum hält man einander auch die Türe auf. Ja, wenn jeder das machen würde, wäre das der grössere Beitrag an den Weltfrieden, als wenn jemand die Quadratzahlen bis fünfzig runterräbbeln kann, dafür aber ein Sauchaib ist. Egoisten haben wir afängs genug, vom Russisch bis nach Washington däna, davon bräuchte man nicht noch mehr, würde man meinen, aber dem Gmaindspräsident geht es halt nur ums Geld, und sobald es ums Gold geht, ist fertic lustic. Und wenn sie der Ansicht sind, es liesse sich Geld sparen, indem man die schöne Schule schliesst, werden sie es auf Leben und Verderben probieren. Und am Abwart gehen sie vorbei wie Gückel, als würde es ihn gar nicht geben, sep kommt noch dazu, als wären sie öppis bessers, der ist natürlich nicht auf einer Stufe mit ihnen, da kommt man sich zurückversetzt zum Louis XIV vor, le Roi-Soleil dort drüben auf Versailles, der redete auch nicht mit dem Fussvolk, war dafür aber aufgeblasen wie ein Ballon, dass er fast davongeflogen ist, mhm. Ja, ja, die Dummen erkennt man daran, dass sie sich immer für ein bisschen weniger dumm halten als ihr Gegenüber. Aber sowas darf man ja nicht laut sagen, oh sonst oho.

Am nächsten Montag ist es jedenfalls etwas ruhiger auf dem Schiff, die Kinder sind auf dem Schulausflug, wie immer Anfang September, die machen eine Wanderung, hoch zur Rheinquelle soll es gehen, auf dem Postplatz däna beim Otto versammelt sich alles vor der Post, und allez hopp geht's das Tal hinauf mit dem Zug bis auf den Oberalp, und beim Leuchtturm dort oben links rauf die Wanderwege entlang bis hoch zum See, und ich habe Zeit, mich mal im Schulhaus um die kleinen Sachen zu kümmern, hier einen Schrank warten und dort etwas Farbe auftragen, wie bei einem Schiff unter der Saison, das muss ja auch gewartet und gepflegt werden, und vielleicht wieder mal ein bisschen zu lesen, wir haben nämlich jetzt eine Bibliothek, was ja auch Zeit wurde, also grad gross ist die nicht, aber eine flotte

Büchersammlung unter der Treppe haben wir jetzt, da war ja noch etwas Platz, so dass da ein paar Bretter reinkamen, die wir gleich aufgefüllt haben mit den Büchern vom Placi, der hatte ja ein Zimmer voll mit Büchern wie der Vatikan unten in Rom, die er der Schule vermacht hatte, gut, grad alles war da schon nicht geeignet für die Schule, meinte die Angelica von der Religion, die ist halt etwas sensibler, falls da Sachen beschrieben werden, die mehr für Erwachsene wären, aber wie auch immer, jetzt steht da jedenfalls ein schöner Bücherecken, und als Abwart darf man da ja schon auch mal reinblättern, wenn sich grad ein Moment bietet, mhm, sagt er und nickt. Also dich werde ich nicht grad einholen können, so viele Bücher wie du gelesen hast, da bist du mir um Lichtjahre voraus, manchmal haben wir uns sogar vorgelesen am Abend im Bett, vom anderen da, dem Don Quijote und seinen Abenteuern, ein Buch dick wie ein Ziegelstein, das hat mir schon noch gefallen, sagt er und lächelt. Er richtet die frischen Blumen in der grünen Vase, sodali.

3

Er setzt sich auf das Bänkli an der Mauer, es ist ja schon nicht gerade so, dass unsere Schule riesig wäre, sagt er und blickt zum Dorf hinüber, da gibt es sicher Schulen, die grösser wären, sep scho, und früher hatten wir sogar noch eine Oberstufe, aber sind auch schon ein paar Jahre her, in der Blütezeit war das, da kam plötzlich eine ganze Welle an Kindern, frag mich nicht, wo die alle herkamen so aus dem Nichts, hat wohl auch damit zu tun, wie die Sommer waren, lange warme Sommer würden mehr Kinder geben, wird gesagt, bei so vielen Sonnenstunden frischt das die Gemüter auf, und die lauen Nächte gibt den Leuten gute Laune, so schlafen sie auch mehr miteinander, was man schon nachvollziehen kann, ist ja auch eine schöne Sache, das hat nämlich schon seine Logik, die schönen Sommernächte fördern eben die Lust, und alle paar Jahre kommt wieder so eine Welle, man könnte vom Sommer an genau die Monate abzählen, bis die Kinder auf die Welt kommen, meinte die Margrit vom Kiosk mit ihren Heftlis, und wenn die sowas sagt, wird das schon stimmen, also die Prognosen wären nach so einem Jahrhundertsommer, wie wir ihn soeben hatten, denn zimli guat, so müsste wieder eine Welle kommen, ja, ja, die heissen Tage schenken ein, würde man nach dem Sommer gehen, könnten wir in ein paar Jahren wieder die Oberstufe auftun, das wäre ein schönes Comeback, obwohl man sie tot geglaubt hatte, oh ja, die Totgeglaubten leben meistens länger. Sind jetzt auch bereits ein paar Jahre her, dass man uns die Oberstufe abgeworfen hat wie das Gewicht bei einem Heissluftballon, damit wir es über den Pass schaffen, bei der Oberstufe sind die Parameter halt etwas anders, da sind sie strenger als bei der Primar, nicht, dass wir nicht alles versucht hätten, auch die schöne Oberstufe zu halten, gekämpft haben wir schon, und zwar bis zum Schluss, das schon, aber da war nichts zu machen, er drückt die Lippen aufeinander und schaut in den Himmel. Die Primar jedenfalls, die halten wir, erste bis sechste, und Schüler haben wir noch genug, um die Vorgabe vom Kanton zu erfüllen, er nickt und lächelt.

Vielleicht zieht noch eine Familie hinzu, sagt er, oder sogar mehrere, so genau weiss man das halt nicht, das geht meistens gschwind, kommt eine, zieht es noch eine weitere nach, und schon füllt es die Schülerbänke grad etwas auf, sowas kann über Nacht passieren, und dann sieht alles gleich wieder anders aus, da glauben wir schon daran, dass uns das Glück etwas beistehe, das ist wie beim Autofahren auch, wenn du in der Stadt fährst und eine grüne Welle erwischst, kommst du gleich durch die ganze Stadt, ohne dass die Ampel auf Rot kippen würde, mhm, so eine schöne Welle müssten wir erwischen. Aber noch gehen wir durch die Wüste. Das würde das Blatt wenden, oder wie sagtest du immer, wenn du am Lesen warst und die Handlung ins Gute oder ins Gegenteil kippte, etwas mit P, ich muss da immer an Papeterie denken, Peripetie, ja, Peripetie, so heisst das, glaube ich, ich denke immer an Papeterie, als Eselsbrücke denk, damit ich mir das Wort merken kann, also der Punkt, wenn es ins Gute oder Böse kippt, wie beim Tennis, wenn der Ball auf der Netzkante aufschlägt und hochspringt und man nicht weiss, auf welche Seite der

Ball jetzt kippt, auf die gute oder auf die andere, also der grosse Wendepunkt, und entweder kippt es in die Catastrofa oder ins Glück, etwas dazwischen gibt es meistens nicht, also wenn wir eine grüne Welle erwischen, kann uns nichts mehr passieren. Mhm, das Glück kommt nicht allein, wie das Unglück eben auch nicht, wenn jemand stirbt, sagt man ja nicht für nüt, die Gräber sind offen, da kommt es öppa mal vor, dass es gleich jemanden mitzieht. In den Tagen nach einem Todesfall muss man vorsichtig sein und nicht auf Leitern klettern und söttigs, er schaut über das Tal und richtet sein Käppi, und eba, wenn es auf die glückliche Seite kippt, schwingt das Glück nach wie bei einem Erdbeben und schwemmt noch mehr Schönes an. Wir hoffen auf eine grüne Welle.

Er steht auf und streckt den Rücken durch, allmählich haben wir Fahrt aufgenommen, ein paar Tage legt man dafür hin, das ist wie bei einem Dieselmotor, zuerst stottert er noch, aber wenn er mal läuft, dann sind die zuverlässig wie Wecker. Im August starten wir, und im September kommt alles so richtig in Schwung, im Oktober sind dann wieder die Ferien, die Herbstferien meine ich, aber die dauern nicht lange, das ist wie ein kleiner Fluss, den man überspringt, bevor es dann richtig in den Herbst geht und sich die Wälder verfärben, ja, gut, von mir aus bräuchte es die Herbstferien nicht, wo man doch gerade erst angefangen hat, da lässt man sich ungern bremsen. Die Arbeit ist ja etwas Schönes, was auch damit zu tun hat, dass man sie selber ausgesucht hat. Also ich verstehe diese Leute nicht, die sich wie ein Tarzan von Wochenende zu Wochenende schwingen, als wären die Wochentage ein Becken mit Krokodilen, denen man hundsverräcka entkommen müsste, wo man doch selber gewählt hat, oh jo. Der liebe Gerber von der Berufsberatig aus dem Städtli kommt ja jeweils im November für die Grossen, also früher war das so, als wir noch die Oberstufe hatten, der kam im November mit seinem Triumph gelb wie eine Zitrone die Kurven hochgefahren aus dem Nebel und parkierte schräg vor dem Haupteingang. Ein Cabriolet war das, also schon ein schönes Geschoss, sagt er und lächelt, sowas hätte ich denn auch vor dem Haupteingang parkiert. Man meinte, der käme direkt aus einem Film, mit dieser Pilotenbrille und dem weissen Hemd wie Jean-Paul Belmondo, und trug zwei Bananenschachteln mit Ordnern in die Schulstuben, wo die Ältesten etwas drin blättern und sich was Schönes aussuchen konnten, also die ausgefallensten Sachen gibt's denn da, vom Wetterstudiosi bis hin zum Kabelverleger bei der Bahn gab es da alles, und da suchte man sich wie im Gemüseladen grad das aus, was einem am besten gefällt, damit einem das Glück denn auch findet. Eines dieser Mädchen ist sogar Heissluftballonfahrerin geworden, ja, ja, man muss immer da hingehen, wo das Feuer brennt. Also die sieht man noch hin und wieder, wenn sie mit den Gästen über die Alpen fliegt mit dem schönen Ballon, also das muss denn zimli flott sein, wenn man dort oben im Ballon ist so nahe am Himmel und auf die Landschaft runterschaut und die viele Geografie hier unten sieht. Und wenn man sie auf der Strasse antrifft, hat sie ein Lächeln bis über beide Ohren, ai, die strahlt jeweils vor Glück.

Mhm, das Glück muss man herausfordern, sonst findet es einen nicht, das Unglück findet dich immer, aber das Glück findet dich eba nur, wenn du dich ihm zeigst, das braucht ein bisschen Courage im Herzen, er streckt die Arme auf die Seite und dreht den Oberkörper auf beide Seiten, oh, das tut gut, ein bisschen den Rücken strecken, so löst sich die Verspannung, die Physiotherapeutin, die aus dem Städtli, die versteht ihr Handwerk eba scho, ich gehe ja regelmässig hin, sonst wird mir der Rücken hart wie ein Brett, ja, ja, da hat's mich ziemlich erwischt, als ich vom Baum gefallen bin als Kind, also schon zimli verstrichen hat es mich da, grad auf einen Stein runter, dass es mir hinten im Rückgrat, kracks, zwei Wirbel gebrochen hat, vierter und fünfter Brustwirbel, mhm. Eine wilde Meute waren wir als Kinder, am Morgen sind wir aus dem Haus, und am Abend kamen wir zurück, und was dazwischen passierte, war unsere Sache, und auf einer dieser Safaris durch die Wälder ist mir eba der Rücken abanand, also so ernst habe ich den alten Konrad mit dem Köfferli danach nie mehr gesehen, ui, hat der streng geschaut, dass es einem grad anders wurde, Bürschtli, hat er gesagt, vergiss deine Lebtage nicht, was für ein Glück du hattest, der Himmel mit dem ganzen Orchester ist dir beigestanden, ein zweites Mal tut er das vielleicht nicht mehr, er nickt, und seitdem zieht es im Rücken, wenn das Wetter umschlägt, das ist ein Sensor, auf zwei Tage hinaus kannst du das Wetter zimli genau vorhersagen, und denn genauer als die Frösche im Fernsehen, nur dass es eba grad noch runter ins rechte Bein zieht, dass du grad hinkst. Ja ja, morgen könnte alles vorbei sein, die ganze Gschicht hier auf Erden, da wirft man die Talente, die man mit auf den Weg bekommen hat, besser nicht zum Fenster raus, das wäre ja dommage, aber diese Übungen da von der Physiotherapie, die helfen tiptop, also das muss man schon sagen, die Therapeutin hat mich noch letzte Woche gefragt, als ich mit dem Töffli ins Städtli gefahren bin, ob ich die Übungen denn auch regelmässig mache, natürli, habe ich gesagt, seit Jahrzehnten bereits, ein bisschen Disziplin braucht das halt schon, wer mit dem Geist arbeitet, muss denk auch schauen, dass der Körper in Form bleibt, da ist man den Kindern ein Vorbild und geht nicht fahrlässig mit den Talenten um, der Geist braucht denk ein gutes Haus.

Er streckt die Arme nach oben und beugt den Oberkörper auf die Seite, jeder hat da seine Talente, und wir sind ja frei zu wählen, warum sollte man denn etwas wählen, das einem nicht behagt, der Gerber von der Berufsberatig mit dem schicken Karren hatte schon recht, wenn er sagte, du bist dein eigener König und dein eigenes Kamel. Da braucht es halt ein bisschen Courage in der Brust, Talent verpflichtet nämli. Aber jeder darf halt das mit seinem Leben fabrizieren, was er will, es gehört ja ihm, oh jo, sagt er und hebt die Hände auf die Seite, da müsste man denn schon zu dem stehen, was man gewählt hat und nid hüla. Wie der Hans, der eine Sauordnung hatte mit seinen Liebschaften, da wusste niemand so recht, auf wie vielen Spuren der gerade wirkte, und dann kam er ganz niedergeschlagen und sagte, das wünsche er denn niemandem, der Globi, wo er doch selber gewählt hatte. Aber es steht uns natürli frei, das Leben auch etwas komplizierter zu gestalten, und wenn er meint, er müsse dem halben Tal Gladiolas bringen, ja, dann soll er auch den Preis dafür zahlen. Pagar el sueldo para el piso, den Preis für den Boden bezahlen, wie die Soledad aus dem Spanischen sagte, die hier mal für ein paar Winter an den Skiliften arbeitete.

Also, der Protest ist afängs bei den Instanzen eingegangen, ignorieren können sie ihn nicht, und den Streik werden wir andeuten, das ist wie in der Kirche, wenn sie glöcklen, so dass bei denen eigentlich ein Licht aufgehen sollte, es ist ja nicht gerade so, dass wir mit dem Streik gedroht hätten, drohen tun wir nämlich nicht, da bleiben wir immer aufrichtig, aber sie sollen denn schon wissen, dass man mit den Plänen nicht einverstanden ist. Die Margrit vom Kiosk wusste jedenfalls bereits etwas, das hat die Angelica von der Religion gesagt, die drüben beim Kiosk immer ihre Lösli von der Landeslotterie kauft, also irgendjemand von der Obrigkeit hat Benzin nachfüllen müssen drüben beim Kiosk, ja, auch die Oberen müssen das hin und wieder tun, auch bei denen fahren die Wagen nicht mit Bananenschalen, so weit sind wir noch nicht, und wenn die Margrit vom Kiosk etwas weiss, weiss es meistens schnell mal das ganze Tal, das ist ein Multiplikator, im Guten wie im Schlechten. Ja, von mir aus soll sie es wissen, das ist kein Geheimnis, dass wir nicht einverstanden sind mit den Ideen vom Präsident im Land. Und schliesslich geht es uns alle etwas an, da darf auch die Margrit vom Kiosk das wissen und weitererzählen, so laut und lange wie sie will.

Er summt ein Lied, mhm, sagen, wie es ist, das hast du immer gesagt, das tönt zwar so einfach, ist es aber nicht, das ist nämlich eine Kunst, aber es gibt eben die Menschen, die lieber bescheissen, als die Karten auf den Tisch zu legen. Also das war noch über all die Jahre hinweg das Credo, wenn einer dieser Bengel etwas angestellt hatte, eine Scheibe kaputt gemacht oder versehentlich mein Töffli umgekippt oder im Sport so wild getan, dass der Ball ihm über die Hänge runter bis in den Rhein ist, dann soll er zu mir kommen und sagen, was vorgefallen ist, und zwar genau so, wie es war, und dann schauen wir, was für eine Lösig wir dafür finden. Es ist ja nicht ein Verbrechen, wenn man eine Fensterscheibe zerschlägt, sowas passiert, dem Musiklehrer ist denk auch bereits mal sein Klavier die Stäga runter, dafür ist noch niemand in den Kerker gesperrt worden, nur müsste man eba dazu stehen. Natürlich hat das Konsequenzen, man kann ja nicht das Inventar in Stücke legen, und nur weil man es zugibt, isch alles guat, das muss man ja schon wieder gutmachen, sep scho, aber wenn einer obendrauf noch bschisst, um seine Taten zu verschleiern, ja, dann wird es schon problematischer, das ist wie bei dem, der beim Pfarrer im Beichtstuhl gestanden hatte, dass er ein Seil geklaut habe, und es tue ihm huara leid, aber dass da an diesem Seil noch eine Kuh angemacht war, davon hatte er denn nichts gesagt. Das geht natürli nicht, wo käme man denn hin, sagt er und hebt die Schultern. Ist jemand aber wenigstens so ehrlich zu sagen, dass da noch eine Kuh dran war an diesem schönen Seil, dann diskutieren wir zusammen und finden eine flotte Lösung, um das wieder in Ordnig zu bringen. Da gab es einen an der Schule, Fridolin hiess der Bengel, also schon ein ziemlich wilder Bursche war das, und es vergingen nicht drei Tage, dass er wieder was angestellt hatte, der Kerli, aber, und das muss man ihm eba hochhalten, der kam jedes Mal und sagte, Sie, Herr Abwart, der Blumentopf auf dem Fenstersims vom Schulzimmer ist mir runtergefallen, oder Sie, Herr Abwart, der Eimer mit der Farbe ist mir über die Treppen ausgeleert. Und ich habe dann gesagt, schau, Bürschtli, das ist nicht gut, aber dass du ehrlich bist, das ist gut. Es ist ja noch niemand gehängt worden, nur weil er eine Fensterscheibe zerbrochen hat, jedenfalls nicht in unserem Zeitalter. Aber um ehrlich zu sein braucht es ein gesundes Selbstwertgefühl, das ist das Scharnier an der ganzen Sach, und das haben diese Bschisserköpfe eben nicht, sagt er und kreist die Hüfte.

Und wenn sie ufrichtig und ehrlich sind, merken sie auch noch grad, wie einfach das Leben auf einen Schlag wird, oh ja, es ist nämlich ein ziemlicher Aufwand, so ein Lügenkonstrukt aufrechtzuerhalten, mit dem ersten Talwind bricht das Ding ja zusammen. Die Tante Klara mit dem Niederjagdgewehr mit Doppellauf hatte schon recht, wenn sie ein Auge zudrückte und den Kopf schief hielt und sagte, junger Mann, halte das Leben einfach. Also die liebte denn das Jagen und trug die Jacken farbig wie ein Papagei, eine Frau wie eine Instanz war das, da kam man als Kind nicht mehr aus dem Staunen heraus, wenn sie in der Saison im Dorf auftauchte vom Unterland hinauf mit der Flinte und einem dieser Bubble Gums im Mund, die wir bei der Margrit vom Kiosk kauften. Die Tante Klara mit den schönen Jacken sei halt gut geerdet, sagte meine Mutter immer, darum sage sie so gschide Sachen. Zum Denken müsse man nämli geerdet sein, aber was sie genau damit meinte, haben wir dann erst später verstanden, nachdem man bereits ein paar Schlaufen auf dieser schönen Erde gemacht hatte.

Ah, das löst grad flott den Rücken, sagt er und kreist die Schultern nach hinten, er summt ein Lied vor sich hin, so geht's einem grad etwas besser. Und nachdem die Gemeinde uns die bösen Prognosen eröffnet hat, bin ich in der Znünipause bei diesem farruct schönen Wetter aufs Dach, wie ich es halt immer mache, wenn ich über etwas nachdenken muss. Hinter dem Schulhaus habe ich die Leiter hervorgeholt und an der Rückwand aufgestellt und bin hochgeklettert auf das schöne Flachdach mit dem Kies. Gut, eine ziemlich lange Leiter ist das, da müsste man denn schon schwindelfrei sein, für jedermann wäre das Dach denn nicht ein idealer Ort für die Pausa, hat jemand den Höhenjodel, geht er besser in den Wald zum Nachdenken und isst dort sein Müesli, wie die Tante Klara, und nicht aufs Dach, aber bist du mal oben, siehst du über das ganze Tal hinweg, also schon eine prima Aussicht hast du von dort oben, ein leichter Wind ist auch noch gegangen, da werden dir grad die Gedanken klar wie Quellwasser. Auf dem Flachdach habe ich den Campingstuhl mit den gelben Streifen hinter dem Kamin hervorgeholt und aufgeklappt und ihn gleich neben der Sirena für den Hochwasseralarm aufgestellt, und zwar mit dem Blick gegen Süden, so dass ich tiptop auf das Dorf rübergesehen habe mit dem Kiosk mit Zapfsäule am Rand, und habe mich auf den Stuhl gesetzt wie ein Kapitän auf seinem Schiff. Nur hat der freundliche Doktor Konrad am Freitag vor dem Schulstart eben gesagt, ich solle in der Znünipause doch lieber eine Banane essen oder eine Orange oder einen Apfel, wegen dem Kreislauf halt, anstatt von diesen feinen Nussgipfelis von der Bäckerei däna, also scho khoga fein sind die, so dass ich halt von nun an einen Apfel esse, wenn der Doktor das meint. Orangen wären dann mehr für die Zeit, wenn es dann etwas kälter wird und der Winter in Sichtweite wäre.

Wo ich also da oben auf dem Dach im Campingstuhl mit den Streifen gesessen bin und eba so über das Land geschaut habe und einen dieser Äpfel gegessen habe, habe ich daran gedacht, wie wir mängisch ins Tal hinteri gefahren sind zum Baden, und ich am Beckenrand gesessen bin in einem dieser Campingstühle und in den Himmel geschaut habe, und du plötzlich aus dem Wasser aufgetaucht bist und mich angelächelt hast, und wieder weggetaucht bist, als wäre man immer nur für einen kleinen Augenblick auf dieser schönen Erde. Danach kam man wie geheilt aus dem Wasser, als hätte man all die Sörgeli abgewaschen, und war frisch im Geist wie ein Neugeborenes. Und für den Rücken ist das denk auch eine gute Sache. Tausend Jahre bleibt das Wasser im Berg, bis es endlich unten rauskommt, das ist u huara lang, soll mir einer sagen, das sei nicht gesund, ja, ja, das wussten bereits die Römer, wenn sie mit ihren Tüchern um die Hüfte in die Bäder sind und dann dunna in Rom davon erzählt haben. Nicht für nichts ist der Kanton für sein Wasser bekannt.

Mhm, sagt er und lockert die Hände, dann essen wir in den Pausen halt Äpfel, dem Lehrercorpus habe ich auch gleich eine Schale mit so Früchten, Birnen und

Trauben und so Sachen, auf den Tisch im Lehrerzimmer gestellt, das sollte ja nicht verkehrt sein, wenn es für den Abwart gesund ist, wird es auch für den Lehrercorpus gut sein, davon kann man schon ausgehen, und nachdem wir solche Nachrichten wie eine böse Diagnose eingefahren haben bereits am ersten Schultag, frischt das vielleicht den Esprit auf und gibt etwas Courage, wenn den Lehrern etwas Vitaminas auf dem Tisch stehen, die können wir jetza gut gebrauchen. Der Kaffeekonsum ist nämlich rasant angestiegen, seit wir in Seenot geraten sind nach dieser Hiobsbotschaft. Also ich könnte mich nicht daran erinnern, dass in der ersten Schulwoche je so viel Kaffee getrunken wurde, und denn in dreiunddreissig Jahren nicht. Es sind halt alle ein bisschen nervös afängs, wenn man nicht so recht weiss, wie es jetzt weitergeht mit uns in einem Jahr, und dann trinken sie halt lieber zwei Kaffee anstatt von einem, nur müsste man auch noch jedes Mal ein Fränkli ins Kässeli legen. Wenn das so weitergeht mit dem Konsum von diesem Kaffee mit der neuen Maschine, müssen wir wieder umsteigen auf den Filterkaffee, sonst reisst uns das noch ein Loch in die Kasse, sagt er und hebt die Augenbrauen.

4

Die Marina und der Giuseppe waren letzte Woche auf einen Besuch da, und wir haben über dich geredet und erzählt, und ich habe dabei immer deine Stimme gehört, und danach haben wir lange miteinander geschwiegen und etwas in den Sternenhimmel geschaut, er nickt, ich war wie in eine warme Decke gehüllt mit den vielen schönen Gedanken, und in der Nacht bin ich wach gelegen, so dass ich wieder aufgestanden bin und mich etwas auf den Balkon gesetzt habe. Irgendwann bin ich rausgegangen auf einen Spaziergang, wenn alles so still ist in der Nacht, das haben wir oft gemacht, am Abend spät nochmals raus auf einen Spaziergang, wie tausend Gedanken waren die Sterne dort oben am Firmament. Die Marina hat gesagt, man solle die Orte aufsuchen, die man zusammen erlebt habe, das helfe, sich mit dem Leben zu versöhnen, und ich habe daran gedacht, wie wir nach Paris gereist sind, was dann noch eine ziemlich lange Reise war, mit dem Zug sind wir hin, zuerst bis nach Chur und dann weiter über Zürich und Basel bis nach Paris, und haben Karten gespielt im Jardin du Luxembourg, wie es die Verliebten halt so machen, wenn sie Mitte zwanzig sind, so dass ich grad farruct Lust darauf bekommen habe, nach Paris zu reisen und mich etwas in diesen Jardin zu setzen und vielleicht noch einen Kaffee zu trinken oder einen dieser rosaroten Apéros, die man da trinkt, wenn die Sonne allmählich untergeht, oder diesen älteren Herren zuzuschauen, wenn sie Pétanque spielen in ihren Hemden mit den Hosenträgern und den Hüten und dabei die Politik verhandeln, er lächelt.

Das hat gutgetan, sagt er und schraubt den Deckel vom orangen Thermoskrug auf, ein bisschen zusammen zu schweigen mit dem Giuseppe und der Marina, manchmal ist damit mehr gesagt als tausend Worte. Als der Steinschlag war im Südtal letztes Jahr, die schreckliche Catastrofa, wo dieser Koloss von einem Berg runterkam und die Menschen mit sich gerissen hat und das halbe Dorf, hat die Adalberta gesagt, dass sie keine Beiz mehr hätten, um etwas beisammenzusitzen und miteinander zu schweigen. Ich habe dann gedacht in der Nacht, als ich zurück im Bett war und immer noch wach lag, obwohl man ja bald wieder aufstehen müsste, aber der Himmel wollte mich in dieser Nacht nicht schlafen lassen, dass ich ein bisschen was notieren könnte, damit sich das nicht vergisst, wenn man dann älter wird und einem nicht mehr alles in den Sinn kommt. So dass ich diesen Morgen, als ich einen Augenblick in der Werkstatt gerade nichts zu tun hatte, angefangen habe, ein paar Eckpunkte auf mein Notizblöckli zu notieren, grad so, wie es kam, bevor die Kinder wieder an die Türe geklopft haben, jemand vom Lehrercorpus ist nämlich ausgefallen, und wenn jemand ausfällt, weil sie eben verschnupft sind oder sonst irgendwie krank oder nid binanand, kommen die Kinder runter zu mir in die Werkstatt, das wissen sie afängs schon, anstatt dass sie im Schulzimmer warten für nüt und der Lehrer einfach nicht auftauchen will. Hm, habe ich gedacht, einen Platten bereits auf der ersten Runde, das fängt mir ja gut an.

Jo, denn, habe ich gesagt und bin rauf zu ihnen ins Schulzimmer, die sassen da parat für den Unterricht, aber ganz alleine eben, ohne Lehrperson, so dass ich übernommen habe, war ja nicht das erste Mal, es ist immer wieder mal vorgekommen über die Jahre, dass jemand von der Lehrerschaft kurzfristig ersetzt werden musste, und da ich grad nicht eine grosse Arbeit zu erledigen hatte, bin ich eingesprungen, das war wie ein fliegender Wechsel im Eishockey. Es ist ja nicht so, dass ich wirklich was davon verstehen würde, als Abwart ist man dafür nicht geschult, wie denn auch, aber ein bisschen was weiss man über die Jahre dann doch, so dass ich ihnen ein paar Geschichten erzählt habe, dann sitzen sie da mit grossen Augen und schauen dich an, als hättest du eine Pfanne auf dem Kopf. Die Grossen haben auch gerne Geschichten, sep scho, aber ab einem gewissen Alter getrauen sie sich nicht mehr zuzugeben, dass sie Geschichten lieben, das ist wie mit der Schule auch, eigentlich kommen alle gerne, aber das war schon bei uns so, dass sich niemand getraut hätte, sowas zuzugeben, man stelle sich vor, nicht mal die Streberlis hätten sich sowas eingestanden, so haben wir halt Geschichten erzählt, also diese Kleinen sind ganz verrückt nach dem Zeugs, und auf eine Geschichte folgt halt immer noch eine weitere, wenn man mal im Fluss ist, geht das ganz von alleine.

Er leert vom Kaffee in den Becher, meistens erzähle ich dann eine dieser Geschichten vom Lehrer mit seinem Hund. Das war aber eine Diskussion lang wie eine Schiffsfahrt, bis wir dann endlich herausgefunden hatten, wie der Hund vom Lehrer denn heissen sollte, im Parlament hätten sie nicht länger gebraucht, um das zu beschliessen, das ist halt demokratisch, die Kinder müssen ja lernen, wie man zusammen eine Lösig findet, dafür sind sie nämlich da. Mit diesen modernen Maschinen, die sie da hinten im Schulzimmer stehen haben, lernt man so öppis nämli nicht, die wissen zwar alles, aber wie man miteinander umgeht, lernt man damit eben nicht, das müsste denn schon im Klassenverband passieren, mit richtigen Menschen und nicht nur solchen auf den Bildschirmen, und als die Kinder ihre Vorschläge für den Namen vom Hund an die Wandtafel geschrieben haben, habe ich mir gedacht, Jesses, das quietscht grad aber recht, vielleicht bräuchte man wieder mal eine neue Wandtafel, eine, die etwas weniger quietscht, wenn man mit der Kreide über die Wandtafel fährt, da bekommt man susch grad Hühnerhaut von diesem Geräusch, das ist, als würde man auf eine Gabel beissen und die Gabel dann aus dem Mund ziehen, da schüttelt es dich auch gleich. Und nach der Wahl vom Namen vom Hund ist es eben losgegangen mit den Geschichten vom Lehrer mit dem Gulasch und seinen Abenteuern, dass die Kinder jedes Mal gejohlt haben, sagt er und lächelt, die Kinder lieben es halt, wenn es klöpft und tätscht, und die sind denn wachsam, diese Kleinen, aber oho, die lassen dir aber nichts durch, er nickt, die wissen denn genau, ob man wieder was verwechselt oder übersprungen hat, da reklamieren sie dann sofort.

Ja, ja, sagt er und riecht an seinem Kaffee, die Kinder lieben die Streiche, und den meisten bleiben von der Schulzeit nur die Streiche in Erinnerung, das ist halt so, wenn sie sich zwanzig Jahre später zur Klassenzusammenkunft treffen, jeder ein bisschen gezeichnet vom Leben, wer mit dem Porsche und wer ohne Rakete, dafür aber mit Glatze, wer mit Handtäschli und wer ohne, dann erzählen sie sich öppa nicht, was sie gelernt haben, sondern was für Saich sie angestellt haben. Das war bei uns ja nicht anders, wenn man auf der Schulwanderung dem Lehrer einen Stein gross wie ein Kopf in den Rucksack packte, den er den ganzen Nachmittag mitgetragen hatte, oder am letzten Schultag dem Lehrer von der Geografie, der sich stetig verlief, was einem Lehrer der Geografie ja im Grunde nicht passieren sollte, die Räder von seinem japanischen Mazda Büssli wegmontierte und auf dem Dach deponierte, oh jo, das war denk eine Tradition, am letzten Schultag der Lehrerschaft einen kleinen Streich zu spielen, an den man sich sein Leben lang erinnert, und wenn es das Letzte ist, was einem von der Schulzeit bleibt. Und dann erzählen sie sich natürlich bei diesen Zusammenkünften von den Lehrern, die einen Knacks hatten, von denen es halt auch immer wieder mal einen gibt, solche Querschläger halt. Wir hatten in der Oberstufe den Herrn Cahannes, bei dem kam niemand wirklich nach, wie der die Noten der Prüfungen verteilte, das hatte irgendwie keine Logik, und als jemand ihn mal schüüch danach fragte, wie er das denn machte, sagte der, er nehme die Prüfungen und stehe mit diesen zuoberst bei der Treppe hin und schmeisse die Prüfungen hinunter, und die, die am weitesten fliege, sei eine Sechs, und die, die eben am wenigsten weit fliege, eine Eins. Das hatte nämlich schon seine Logik, der hatte sich schon was dabei gedacht, auch wenn vielleicht nicht grad im Sinne vom Herrn Inspektor von der Inspektorenkonferenz unten in Chur. Und ein anderer, der Lehrer für die Geografie, bei dem konnte man die Noten aufbessern, indem man ihm am Mittwochnachmittag half, sein Haus zu bauen. Schleppte einer einen Nachmittag lang Zementsäcke umanand, hatte er eine Fünfeinhalb auf sicher, egal, ob er denn die Planeten aufzählen konnte oder nicht, er hebt die Augenbrauen und nickt. Er riecht an seinem Kaffee, hm, riecht der gut, sagt er, das Getränk der Götter, er lächelt.

Ja, ja, wenn jemand von der Lehrerschaft ausfällt, ist es immer gut, wenn man einen Joker einsetzen kann, irgendwann kam dann noch der Anruf von der Lehrerperson, also grad gut tönte der nicht am Apparat, er liege mit einem Kopf wie ein Blecheimer im Bett, ja, sep ist nicht gut, habe ich gesagt, aber keine Sorge, ich halte das Schiff solange auf Kurs. Aber für ein nächstes Mal solle er doch lieber ein bisschen früher anrufen wenn möglich, damit man sich auch etwas vorbereiten könne und nicht gleich aus dem Stand mit einem Kaltstart unterrichten müsse, sonst komme man sich ja wie diese Torhüter im Fussball vor, die gedankenverloren auf der Ersatzbank sitzen und an das Schätzeli denken, und plötzlich prallt der Stammtorhüter gegen den Pfosten, dass er Sterne sieht und nicht mehr weiss, wo oben und wo unten ist, und der Reservegoalie kommt kaum dazu, das Trikot überzustreifen und die Handschuhe mit dem Klettverschluss richtig zuzumachen, bevor er ins Goal muss, da ist das Verletzungsrisiko denn deutlich höher, wenn er sich nicht mal richtig einwärmen kann, mhm, aber manchmal muss es schnell gehen, ist der Kapitän über Bord, bleibt da nicht viel Zeit zu überlegen, jemand muss ans Ruder, sonst geht das Schiff im Ozean verloren.

Und irgendwann hat die Glocke geläutet und uns alle aus den Abenteuern gerettet, also die ist noch gut im Schuss, die Glocke, funktioniert tiptop, sep scho, im Gegensatz zur Wandtafel, die aber wirklich bald ersetzt werden müsste, ein neueres Modell wäre allen ein bisschen eine Freude. Da lernt es sich gleich ringer. Aber es ist ja nicht so, dass die Kinder grad zur Türe rausrennen können, sobald es glöckelet, das ist ja kein Sprintwettbewerb, zuerst muss für etwas Ordnig gesorgt werden, die Stühle werden aufgestellt, die Wandtafel geputzt, weg mit dem Kribiskrabis, und noch öppa mit dem Lumpen drüber und die Tafel trocknen, wie sich das gehört, damit das auch ein schönes Bild hergibt, nicht dass der Abwart mit dem Besenwagen wie bei der Tour de France wieder hinterherfahren und alles aufräumen muss.

Und Hausaufgaben gibt es denk auch noch, sagt er und trinkt von seinem Kaffee, die haben wir aber dann draussen auf der Wiese neben dem Schulhaus beim Fussballtor ausgemacht, das wissen die Kinder afängs schon, beim Abwart bekommen sie auch die Chance, mitzuentscheiden, ob sie Hausaufgaben haben oder nicht, das haben wir noch immer so gemacht, um die Hausaufgaben schiessen wir Penaltys. Einer dieser Kinder muss ins Tor, und der Abwart schiesst drei Penaltys, und wenn sie mindestens zwei davon halten, haben sie keine Hausaufgaben, und wenn sie eben mindestens zwei reinlassen, haben sie Hausaufgaben. Das ist fair. Da hat es noch nie Discussiuns um die Hausaufgaben gegeben, also sep wirklich nicht. Es wäre ja nicht so, dass ich die Penaltys gleich unter die Latte hänge, da wird schon so geschossen, dass sie auch die Möglichkeit haben, die Bälle zu fangen, das hängt aber natürlich auch immer etwas vom Wetter ab und von der Formkurve. Da setzt du den Ball auf den Penaltypunkt, und der Goalie im Tor bewegt die Schultern und verlagert das Gewicht von einem Bein auf das andere, und dann läufst du an, zwei Schritte wie der Sokrates an der Weltmeisterschaft im Sechsundachtzig in Mexico City, während die Zuschauer auf den Rängen toben und schreien und der Kessel aufkocht, und du den

Ball haust, und der Goalie fliegt wie der Jaschin aus dem Russisch und kratzt den Ball wie ein Leopard um den Pfosten herum, und dann bricht der Jubel los. Ja, ja, sie sollen den Plausch haben, sagt er und lächelt, ja, wenn sie gerne kommen, dann lernen sie denk auch was.

Schau dir die Matilda von der Bäckerei an, die in der Französischstunde nicht einen halben Satz hätte aneinanderreihen können, also wenn die französisch redete, hörte sich das an wie eine Reckübung, aber sobald sie sich in den Gérard aus der Bretagne verliebt hatte, der hier eine Zeit lang die Hydranten im Dorf wartete, sprach sie innerhalb von kaum einer Woche französisch tout paperlapap, also selten, dass man sowas erlebt hat, als hätte sie zum Znacht ein Wörterbuch gegessen, das sprudelte wie ein Brunnen nur so aus ihr heraus und schoss in alle Richtungen. Bis der Gérard mit dem schönen Käppli dann eben halt zurück in seine Bretagne gegangen ist und ihr das Herz schwer wurde wie ein Sack Mehl, danach hat sie dann nicht mehr so viel gesagt für ein paar Wochen. Ja, ja, eine Sprache lernt man am besten über die Liebe, nur dass einem davon meistens nur die Sprache bleibt.

Dann war der Tag auch schon um. Er trinkt seinen Kaffee aus und schraubt den Deckel auf den orangen Thermoskrug. Aber bevor die Kinder losgerannt sind die Strasse runter und nach Hause, haben sie mich noch gefragt, Sie, Herr Anselm, ist das wahr, dass die Schule zu geht. Und ich habe ihnen gesagt, schaut, liebe Kinder, das ist eine ernste Sache, aber ich sage euch, wie es ist. Den Kindern darfst du nämli nie was vormachen, die spüren das sofort. Und wenn man von ihnen verlangt, dass sie zugeben, wenn sie den Kaugummi unter das Pult geklebt oder die Finken der Gschpänli zum Fenster rausgeworfen haben, müsste man ihnen denn selber schon auch ein Vorbild sein und die Sachen beim Namen nennen, nicht wie der Seppi, der die Musikkapelle kommandierte und im Tal herumposaunierte, dass schon wieder eine Trompete im Materialschrank fehle und jemand diese sicher eingesteckt habe, bis es aufflog, dass er zu Hause eine Kiste voller Trompeten hatte, die da drin lagen wie Goldbarren, der Globi, wollte sie vermutlich für gutes Geld verscherbeln wie früher den Kaffee, den die Schmuggler in der Nacht über die Berge in den Süden schafften. Die Waggons mit dem feinen Kaffee kamen von Basel direkt bis auf den Berninapass, und in der Nacht tauchten die Camions auf und schafften den Kaffee über die Grenze ins Italienische, und für die Grenzwächter gab's ein üppiges Trinkgeld. Na, nai, da müsste man denn schon die Wahrheit tutti frutti sagen, und zwar ohne Aussparungen, da haben wir nämli unsere Werte, und das können uns diese Maschinen nicht beibringen in Gottsnama, wia denn au, das sind eba nur Maschinen. Wollen wir nur hoffen, dass diese Maschinas uns nicht auch noch das Denken abnehmen, wie der Otto von der Post immer prophezeit, wenn er zwei Bier zu viel getrunken hat, das wäre denn fatal, da fahren wir auf einen Eisberg auf, aber sep scho sicher.

Dafür bräuchte es denn schon richtige Vorbilder, und nicht solche, die es nur auf dem Bildschirm gibt und die man ein- und ausschalten kann, wenn's einem nicht grad passt, die Wahrheit tut halt manchmal auch ein bisschen weh, sagt er und schaut das Grab an. Wir hatten früher die Tante Tresa, eine Lehrerin von Format, die war denn pfiffgrad, also schon ziemlich grad, aber bei der wusste man immer, woran man war, und vom Abwart sollen die Kinder wissen, dass er ihnen stets die ganze Verità auftischt, natürlich so, dass es ihrem Alter entspricht, und ohne zu werten, also bei den Fakten bleiben und nicht öppa sagen, dass der Gmaindspräsident ein Gummikopf ist, auch wenn er das ist, dann redet man einfach von der Gemeinde als Plenum und lässt den Gummikopf weg. So dass ich ihnen gesagt habe, ja, die Gemeinde will die schöne Schule schliessen, und zwar auf Ende Schuljahr, also auf nächsten Sommer. Aber das da noch nicht das letzte Wort gesprochen sei, wir seien nämlich nicht damit einverstanden und hätten das auch in einem Brief geschrieben, mit den Unterschriften von allen denn, um zu protestieren, weil wir uns das nicht gefallen lassen würden, genau so habe ich das gesagt, und auf alle tausend Fragen, die sie hatten, habe ich geantwortet.

5

Wir lassen uns jedenfalls nicht provozieren, nai sep, sagt er und steht auf, der Kies unter seinen Schuhen knirscht, wir warten geduldig wie ein Fels, man könnte sich ja am Warten die Zähne ausbeissen, da ist es gut, die Wartezeit gut auszugestalten, nicht dass einem plötzlich der Kopf dreht wie ein Karussell, und wenn ich für eine Lehrerin einspringen muss, weil sie das Knie angeschlagen hat oder den Ellenbogen oder es ihr eba im Kopf dreht, und eines der Kinder sich die Zähne an den Aufgaben ausbeisst, dann sage ich ihm, es solle doch schnell zwei Mal ums Schulhaus rennen, aber rechts rum, falls da noch jemand auf der Runde wäre, nicht dass es eine Kollision gibt, um sich etwas zu bewegen und den Kopf zu lüften denk, und danach geht es viel ringer, oh ja. Letztes Jahr haben wir ja bei der Gemeinde einen Pingpong-Tisch bestellt, aber den wollten sie uns nicht zahlen, man müsse halt sparen, das koste, so haben wir den Tisch halt selber gebastelt, einen schönen Pingpong-Tisch mit einem richtigen Netz zmitzt drüber, die Platte haben wir vom Beni drüben in der Sägerei geholt, eine massive Platte, und haben sie gleich auf die richtigen Masse zusägen lassen, mit einem schönen Grün haben wir die angemalt und die weissen Linien reingezogen, das Netz hat uns die Margarete von der Hauswirtschaft genäht und das Maschwerk verknotet, als Füsse hatten wir noch zwei Böckli unten in meiner Werkstatt, und die Schläger haben wir mit der Bandsäga aus einer Fichte gezaubert und mit Noppengummi überzogen, ja, ja, in einer Woche war der Tisch parat, sagt er und lächelt, die Kinder lieben diesen Tisch, ja, ist denk noch viel schöner, wenn man ihn gleich selber werkelt, und so viel Geschick haben wir denn schon in den Händen, das ist eine ganz andere Emotion in der Brust, als wenn man ihn nur gekauft hätte, oh ja. Ich wünschte, du hättest uns sehen können, sagt er und strahlt.

Wenn eines der Kinder also farruct ist, weil es diese schmalen Linien im Heft nicht trifft mit den Buchstaben, oder wenn einer den Zitteri hat vor einem Test in der Matematica, dann schicke ich sie für ein Viertelstündli runter zum Pingpong-Tisch, damit sie etwas Kopf und Hand lösen können, und danach sind sie ganz tranquilo im Herzen und machen das tiptop. Ein bisschen Pingpong hat noch immer geholfen, das sagte auch der Eduard, der in der Politik Karriere gemacht hat und bis in den Nationalrat vorgedrungen ist, vor einer wichtigen Ansprache spiele er Pingpong, bevor er rausgehe ins Parlament, da könne einem nichts mehr passieren, und in diesen Heftli von der Lehrerschaft steht ja immer auch, dass man beim Lernen nicht zwei gleiche Sachen hintereinander machen solle, das hätten nämlich die Psychologen herausgefunden, wenn ich also Matematica lerne und danach gleich die physikalischen Gesetze studiere, warum man eba nach unten fällt und nicht nach oben, da müsse man dazwischen was ganz anderes machen, in die Disco gehen zum Beispiel, aber das kann ich den Kleinen ja schlecht sagen, so schicke ich sie runter zum Pingpong-Tisch, in die Disco können sie dann noch lange genug, wenn es so weit ist. Nur wollen diese Kleinen immer, dass der Abwart mit seinem blauen Kittel mitspielt, so kommt es manchmal halt vor, dass wir ganze Vormittage unten beim Pingpong-Tisch sind und epische Matches austragen und etwas vergessen, dass wir ja noch ein paar Aufgaben im Schulzimmer liegen hätten, ja, das kommt halt eba scho vor, aber bei einem so schönen Pingpong-Tisch ist das auch nicht zu erstaunen, sagt er und lächelt.

Das Warten müssen die Kinder nämlich auch lernen, wo das Leben doch hauptsächlich darin besteht, dass wir warten. Die Welt dreht nun mal nur so schnell, wie sie dreht, darauf haben wir ja keinen Einfluss, nur darf man beim vielen Warten nicht das Ziel vergessen, und wenn die Gemeinde mit ihrem Oberlöli auf Zeit spielen will, ja, dann sollen sie, damit bremsen sie uns noch lange nicht aus. In meiner Werkstatt habe ich einen Jahresplan hängen von der Papeterie unten im Städtli, den habe ich am Donnerstag vor dem Schulstart mit dem Töffli geholt, und die nette Bedienung hat mir das grosse Plakat querformat eingerollt und ein Gümmeli drum uma gemacht und mir hingestreckt, et voilà. Vielen Dank, habe ich gesagt und auch bezahlt und den Kalender in den Rucksack gesteckt, dass er rausschaute wie der Lauf einer

Flinte, und bin zurück ins Dorf gefahren. Und jetzt habe ich unten in meiner Werkstatt den Kalender an der Wand hängen und habe immer das komplette Jahr auf dem Schirm als Orientierung. So weiss man immer, wo man hinzugehen hat, das ist der Kompass durchs Jahr. Mit Grün kommen die Termine vom Schuljahr rein, mit Rot die Spezialtage, mit Rosarot die Feiertage und die Ferien, von denen es doch ein paar gibt, und mit Bleistift zu jedem Tag einen Satz, und Ende Jahr ist das nicht nur eine Dokumentation vom ganzen Schuljahr, sondern auch noch gleich ein Tagebuch für die Nachwelt.

Er geht über den Kies zur Kapelle hin und nimmt den Rechen in die Hand, der gegen die Wand lehnt, so habe ich jedenfalls das ganze Jahr im Blickfeld, der September ist bald angeschnitten, die Flughöhe ist gut, und nach dem September springen wir dann über die Herbstferien hinweg in den Oktober, während sich die Wälder allmählich färben, und biegen auf den November ein, wo es hoffentli viel regnen wird und die Theaterproben bereits voll am Laufen sind und auch der Besuchstag für die Eltern ist und die Proben vom gemischten Chor im Haus sind, die im Januar ja auch ein Konzert machen wollen, obwohl da nicht alle die Töne treffen, und auch die Musikkapelle muss üben und hat im Dezember ihren Auftritt, wenn denn hoffentlich etwas Schnee gefallen ist und auch noch grad das Kerzenziehen ist, damit Weihnachten dann auch schön leuchtet und die Festivitäten mit dem Dreikönigssingen abgerundet werden, so dass das neue Jahr im Januar mit viel Schwung und hoffentlich Unmengen an Schnee angegangen werden kann, obendrauf gibt es ein erstes Zeugnis, und rein in den Februar, wo die Skiferien sind und das Skirennen und sonst ein paar Sachen zu erledigen sind, und wo auch noch der Lottoabend ist, ja, ja, da ist grad ziemlich viel los, bevor es dann rüber in den März geht und in Italien die Giardini bereits blühen, was bei uns im April dann auch der Fall ist und der Frühling sich voll auslebt, und weiter rein in den Mai, wo die Wiesen wia farruct blühen und es so fein schmöckt überall und wir auf die Zielgerade in den Juni einbiegen können alles geradeaus im Endspurt dem Ziel entgegen, das mit einem schönen Fest endet, dass es klöpft und tätscht. Ja, ja, die Feiern lassen wir uns nicht nehmen, da kann die Gemeinde diese schweren Wolken wie eine Bedrohung heraufbeschwören, wie sie will, das hält uns nicht auf, er nickt. Wenn es schwirig wird, laufen wir zur Hochform auf, sagt er und verteilt den Kies gleichmässig mit dem Rechen.

Das ist wie bei den Zwillingen beim Fussball, die wir im Sturm hatten, also schon das ist spektakulär, dass man zwei Stürmer in der Mannschaft hat, die beide auch noch gleich aussehen mit diesen schönen Frisuren, wenn es schwirig wurde, liefen die zur Hochform auf, ich habe manchmal gedacht, als ich da auf dem Bänkli über dem Fussballplatz sass und auf die Mannschaft runterschaute, wie sie immer tiefer in die Bredouille kam, ou ou ou, das kann nicht gut kommen heute, wenn man bei Halbzeit bereits abgehängt zurücklag, dass es ein Wunder gebraucht hätte, und die Spieler mit hängenden Köpfen zur Pause über den Platz gingen und in die Katakomben verschwanden, und hinten her der Reservespieler mit dem schweren Medizinkoffer kam, ja, einer musste den Medizinkoffer ja tragen, da war etwas Spray drin und Dulix und sonst noch die eine oder andere Salbe, und etwas Verband vielleicht, falls sich jemand den Kopf anschlagen sollte. Anfangs Jahr wurde mit den Lösli jeweils bestimmt, wer für eine Saison lang den Medizinkoffer zu tragen hatte, den nannte man dann den Miraculix. Da war jedenfalls nicht viel Hoffnung mehr, wenn man sich das so angesehen hatte von der Tribüne aus in der ersten Halbzeit, und wie ausgetauscht kam das Zwillingspaar im Sturm mit dem langen Haar nach der Pause raus wie eine Lokomotive und haute dem Gegner einen Chlapf Töpfe rein, dass man es nicht für möglich gehalten hätte, die zwei Brüder brauchten das Messer am Hals, bis sie mal erwachten, aber wenn sie dann mal Fahrt aufgenommen hatten, waren sie nicht mehr zu halten, madre mia, die haben noch jedes Spiel in einen Sieg gekippt, egal denn, wie die Lage im Land war, auf die war Verlass. Und wenn man trotz dem vielen Herzblut doch nicht gewonnen hatte, so hatte man wenigstens nicht verloren.

Ja, ja, sagt er und hält inne und stützt sich auf den Rechen ab, nur mit Ja sagen und Amen ist es nicht gemacht, man muss sich nicht alles gefallen lassen, da wollen sie einem die Schule schliessen und dann müsste man noch nicken und lächeln, nai, nai, so geht das natürlich nicht, auch da ist man den Kindern ein Vorbild. Bist du ein Waschlappen und sagst zu allem Ja, dann wird es dein Bengel eben auch. Er geht mit dem Rechen zum Bänkli rüber, also um die Frechen muss man sich keine Sorgen machen, die wehren sich schon, Sorgen muss man sich eher um die anderen machen, die zu allem Ja und Amen sagen wie in der Kirche, es ist ja nicht so, dass man immer nur lupfig drauf ist, das Leben ist nämli nicht eine Tischbombe und immer nur eine Kilbi, nai, nai, das tut nämli auch manchmal weh, und wenn ich mich über die Gemeinde aufrege, dass sie die Schule zumachen wollen, dann sage ich das den Kinder auch, das dürfen die Kleinen schon wissen, dass man für sie einsteht und für sie kämpft. Mhm, als müsste man immer gute Laune haben, wir sind doch keine Roboter, die dürfen das auch spüren, dass es einem ans Herz geht. Auch wenn diese Heftli drüben beim Kiosk der Margrit das Gegenteil behaupten, sagt er und bleibt beim Bänkli stehen, da drinnen in diesen Heften scheint meistens die Sonne, und dann steht noch drunter, für die innere Balance, Gleichgewicht und so Spässe, natürlich muss man schauen, dass man gut in den Schuhen ist, und dafür geht man hin und wieder in den Wald oder hackt ein bisschen Holz oder nimmt ein gutes Bad im See, das Leben schlägt aus. Wenn einer da im Spital liegt und die Linie auf dem Grätli schön gleichmässig anzeigt, ja, dann wissen wir, was das heisst, dann ist der Kerli nämli tot.

Der Clou an der ganzen Sache ist natürli, dass du die Kinder ernst nimmst und ihnen auf Augenhöhe begegnest und nicht irgendeinen Käse erzählst, das kaufen sie dir nämlich nicht ab, bei den feinen Antennas, die sie haben, und sie spüren das öppa denn sofort, ja, dann geht man halt in die Knie, damit die Kinder geradeaus schauen können, wenn sie mit dir reden und nicht gleich eine Halsstarre bekommen vom Gefälle. Wir hatten einen Lehrer für die Musik in der Oberstufe, der war gute zwei Meter gross und noch etwas korpulenter als alles andere, hatte zwar eine Stimme wie ein Singvogel, sah aber aus wie ein Metzger, ja, wenn sich der vor dir aufbaute und die Sonne verdeckte, war man sich sicher, dass man die Sonne nie mehr im Leben wieder sehen würde. Also bei dem habe ich keinen Ton rausgebracht, und stell dir meine Mutter vor, als sie das Zeugnis mit der Singnote gesehen hatte, madre mia, er zieht den Kopf in die Schultern, dabei konnte man das nämli scho, also die Musik haben wir noch immer gerne gehabt und auch die Töne erwischt, nur dass das halt nicht so gut geht, wenn man dabei den Kopf wie ein Stein im Nacken halten muss, da war einem denn schon lieber, wenn die Tante Tresa runterkniete und auf Augenhöhe kam, wenn sie dich anblickte. Und für die älteren Semester unter den Lehrpersonen, denen vielleicht auch noch der Rücken etwas drückt, ja, dann sollen die alten Karren sich halt hinsetzen, wenn sie sich nicht die Knie kaputt machen wollen, oder solche Knieschoner anziehen, die die Plattenleger anhaben, die sind flott, mit denen kannst du den ganzen Tag lang auf den Knien rumrutschen und spürst am Abend immer noch nichts.

Oder sonst halt einen Stuhl nehmen, sagt er und lehnt den Rechen gegen die Mauer neben dem Bänkli und der hellgrünen Giesskanne, ein ganz normaler Stuhl tut es auch, es muss ja nicht gerade so einer sein wie die Frau Wehrli hatte, die hier vor ein paar Jahren mal eine Saison als Klassenlehrerin bestritten hat, sep scho nicht, die hat nämlich am ersten Schultag einen dieser schweren Stühle aus rotem Leder mitten ins Schulzimmer gestellt, dass alle gestaunt haben, wo man so etwas denn überhaupt herbekommt. Ich habe mich noch gefragt, was sie in Gottsnama wohl mit diesem Möbel wolle, das sah mir mehr nach einem dieser Sessel aus, die die Pensionäre in der Stube stehen haben, die schwer sind wie ein Anhänger und die man mit einer Fernbedienung steuern kann. Als Kinder hat uns das schon noch imponiert, wenn die Alten im Dorf solche Sessel zum Siebzigsten bekamen, wir haben diese Kolosse jedenfalls geliebt, das war für uns eine magische Sache, da setzte man sich in den Sessel und konnte die Fusslehne mit der Fernbedienung rauflassen, und in der anderen Hand hielt man die Fernbedienung für den Fernseher, wir waren uns sicher, solche Sessel hatten nur die Könige.

Er stellt die hellgrüne Giesskanne etwas näher an die Wand, so etwas in der Art hat die Frau Wehrli jedenfalls am ersten Tag im Schulzimmer vor der Klasse aufgebaut, dass man sich gedacht hat, jetz aber, und hat sich am ersten Schultag im August da reingesetzt, als würde sie damit zum Mond fliegen wollen, und ist erst wieder im Juni aufgestanden. Zehn Monate lang Frontalunterricht, ob das denn so gedacht wäre, da wäre ich mir denn nicht so sicher, aber davon verstehe ich ja auch zu wenig, er hebt die Schultern, vielleicht unterrichtet die Avantgarde heutzutage so, die Lehrerschaft bekommt ja jeden Monat das Monatsblättli, das dann im Lehrerzimmer auf dem Tisch liegt und wo die neuesten Trends drinstehen. Vielleicht sollte ich auch mal wieder in diesem Blättli lesen, damit ich à jour bin. Ich habe es am Montag drüben beim Otto auf der Post geholt, bevor ich mit dem Töffli hoch zur Schule gefahren bin, so kann er ein bisschen Benzin sparen und ist grad auch noch froh drum, diese Pöstler verdienen ja nicht wahnsinnig viel.

Er summt ein Lied und geht zum Wasserhahn hin und wäscht sich die Hände, dreiunddreissig Jahre, ja, ja, da sind viele gekommen und gegangen, als Abwart bildet man da die Konstante, und wenn ich am Morgen mein Töffli neben dem grossen Portal abstelle, denke ich mir öppa, was für ein Bijou das doch ist, dieses schöne Schiff, er nickt, und vorne durch habe ich eine lange Reihe mit Blumen gepflanzt, rote, gelbe, rosarote, alles, was man sich vorstellen kann, ich wünschte, du könntest sie sehen, und im Ecken ist der Rosenstrauch und gleich nebenzu die Tomaten. Aber giessen muss man die schönen Blumen vor dem Schulhaus bei diesen Temperaturas afängs zwei Mal am Tag, damit sie nicht den Kopf lampen lassen, nach meiner Runde am Morgen hole ich nämli gleich den grünen Gartenschlauch hervor und rolle ihn aus, zack, um die Ecke, und drehe den Hahn auf, und nach meiner letzten Runde am Abend giesse ich die Blumen nochmals, damit die uns nicht vertrocknen denk, also solange Petrus, der Quaki, nicht zur Vernunft kommt und die Gewitter in Position bringt, wie das eigentlich abgemacht wäre, müssen wir das halt selber machen. Dann stehe ich da und giesse die Blumen, aber so viel Druck haben wir afängs nicht mehr auf dem Gartenschlauch, also für üblich müsste da schon mehr Energie kommen, wir sind hier ja nicht in Spanien, aber der Grundwasserspiegel ist halt tief und das Reservoir drüben oberhalb vom Kiosk ist mehr schlecht als recht gefüllt, und das merkst du halt sofort, sobald du einen Gartenschlauch in die Hand nimmst. Für die Blumen reicht das ja schon noch aus, aber ob es denn noch für das nächste Jahrhundert reicht, fragt man sich, das haben die grossen Konzerne nämli schon lange begriffen, die kaufen denk die Quellen auf, das grosse Geschäft von morgen ist das Wasser, wie däna in Frankreich in diesem kleinen Dorf, das eine Wasserquelle für das Mineralwasser hatte und es dem Giganten verkaufte und nun das Wasser für sie abfüllen darf und es teuer zurückkaufen muss in Halbliterfläschli, damit sie auch davon trinken dürfen.

Das Gemüse im Garten wächst auch gut, sagt er und richtet sich auf und fährt mit der nassen Hand über den Nacken, eine Freude, diese Salatköpfe, die müsstest du auch sehen, also nichts Schöneres, als wenn man an einem dieser angenehmen Sommerabende einen feinen Herdöpfelsalat mit den frischen Tomaten aus dem Garten und vielleicht noch öppis Feins vom Grill machen kann, wie wir das oft gemacht haben, mia Cara, die Gartenarbeit ist besser als eine Therapie, hat die Tante Klara immer gesagt, die Hände wieder mal in die Erde stecken, damit man den Boden auch spürt, das gibt eine gute Bodenhaftung, und die kann man im Leben schon brauchen, oh jo. Also die Tage, die wir zwei im Garten verbracht und den Gemüsegarten parat gemacht haben und gesät und gejättet und gelacht, da war man am Abend immer selig und friedlich bis tief drin, und danach haben wir etwas Wasser aufgekocht und den grossen Holzzuber zmitzt im Garten aufgefüllt und sind da rein gesessen bis spät und haben noch ein paar Erdbeerli aus dem Garten gegessen, und oben im Himmel diese vielen Sterne, mehr brauchte es nicht, damit einem das Herz aufgeht, sagt er und lächelt, ein richtiges Daheim eba, mhm, er drückt die Lippen aufeinander und nickt.

6

Ja, ja, die Treue zahlt sich aus, aber wollen wir mal sehen, ob der Lehrer morgen wieder ausfällt, vielleicht geht es seinem Kopf jetzt besser, etwas Aspirin haben wir immer im Schränkli im Lehrerzimmer, als Abwart hat man immer was in der Hinterhand, so ein Aspirin mit etwas Mineralwasser hat schon Wunder gewirkt, mhm, und sonst steht der Abwart wieder ins Schulzimmer, es wäre ja nicht das erste Mal, vor zwei Jahren ist die Frau Lehrerin denn drei volle Wochen ausgefallen, das waren grad die letzten drei Wochen im Schuljahr, nach der Sommerpause ist sie dann auch nicht mehr aufgetaucht, die Arme. Im Kopf bin ich jedenfalls etwas vorbereitet und zimli parat, falls es morgen so sein sollte, dass ich nochmals ranmüsste, nicht, dass ich wirklich was davon verstehen würde, sagt er und hebt die Hände auf die Seite, aber das ist eben keine schlechte Ausgangslage, da ist es denn schlimmer, wenn der Lehrer meint, dass er bereits alles wisse. Gut, da müsste man natürlich die Spezialists fragen, wie sie das sehen, aber ich hatte die Lehrerinnen am liebsten, die nicht der Superbia verfallen waren, dem Hochmut, das macht dich nämlich blind, das ist, als würdest du in die Sonne schauen, da siehst du bald gar nichts mehr, aber denn überhaupt nichts mehr, wo das Sehen doch die eigentliche Aufgabe der Pädagogen wäre. Das ist wie ein Koch, der schaut auch mal, was er dahat und was er daraus zaubern könnte, oh ja. Er holt einen Bleistift aus der Hosentasche und schaut sich die Spitze an, dann kommt dir plötzlich eines dieser Kinder mit einem fotografischen Gedächtnis ins Schulzimmer reinspaziert, wie die Franziska, die ganze Lexika mit dem Kopf fotografieren und auf Lebzeiten abrufen konnte, dass niemand so recht verstand, wie sie das genau machte, oder mit dem absoluten Gehör, nur müsste man das auch noch erkennen, sagt er und hebt die Augenbrauen.

Jeder hat da seine Kadenz, er nimmt einen Spitzer aus der Hosentasche und spitzt seinen Bleistift, einige brauchen halt ihre Zeit, bis sie diese Buchstaben nachgezeichnet haben, was ja scho recht isch, aber die, die masslos unterfordert sind, die leiden eben genau gleich wie die Enten, sep geht eba oft vergessen, wie der Sohn der Giuanna, der hier durchs grosse Portal gekommen ist, der Lehrer war eines dieser älteren Semester, die eigentlich ins Museum gehört hätten, und hatte einen Sternenring an der Hand und hatte es eben nicht pressant, durchs Schuljahr zu kommen, der wäre auch nie auf die Idee gekommen, dass so eine Granate in seiner Klasse sass, da half auch ein Hinweis aus der Werkstatt vom Abwart nichts. Der hörte denk nur, was er hören wollte, bis der Sohn der Giuanna nicht mehr auftauchte, er sei krank, seine Mutter wisse auch nicht, warum der Bengel die ganze Zeit über krank sei, bis ihn der Doktor Konrad, der alte noch, zur Seite nahm und ihm in die Seele schaute und eba zum Schluss kam, dass der Filius seiner Mutter nur vorspielte, krank zu sein, damit er nicht zum Alten in die Schulstube musste, das musste dem vorgekommen sein, als sperre man ihn in die Besenkammer, jedenfalls gut sind diese Zeiten vorbei, wo man noch so alte Schulautoritads mit komischen Ringen an den Fingern im Zimmer stehen hatte wie Reliquien, die nicht über ihre Brillengläser hinaussahen. So Kinder sind denk hungrig wie Löwen, die muss man füttern und über die Felder jagen lassen, nichts Schlimmeres für die, als wenn man sie versucht zu bremsen, dann riskiert man nämlich, dass sie explodieren.

Der Code ist immer bereits eingeschrieben, sagt er und hält den Bleistift hoch und schaut die Spitze an, und wenn sie mal bei den Senioren angekommen sind und man sich ihre Linie durchs Leben anschaut, erkennt man sofort die Zeichen, dass alles bereits da war, wie beim Fredi, der bereits als Drittklässler im Unterland dreihundert Hühner für seinen Grossvater zum Geburtstag kaufte, weil er meinte, da sei noch Luft nach oben auf seinem Hof, und als der Lastwagen aus dem Unterland hier bei uns in den Bergen ankam mit der Lieferung und der Chauffeur einen kleinen Jungen mit Sommersprossen auf der Strasse nach dem Herrn Fredi fragte, der die dreihundert

Hühner bestellt habe, sagte der Knirps, da sind Sie richtig, der bin nämlich ich. Der ist dann auch in der Wirtschaft gelandet, handelt heute mit Immobilien und ist reich wie ein Zar draussen im Russisch. Ja, ja, es ist immer bereits alles da, und wenn man wach ist, erkennt man die Anzeichen eba scho, und dafür ist es gut, hin und wieder ein bisschen Salat zu essen, wegen der Vitaminas, wie der Doktor Konrad meinte.

Jetzt beginnen dann jedenfalls die Theaterproben, sagt er und steckt den Spitzer in die Hosentasche, das ist die gute Nachricht, als Abwart habe ich da immer meine Rolle, der Abwart hat im richtigen Moment mit dem Besen hinten durch über die Bühne zu gehen, als wäre nichts gewesen, das ist wie beim Hitchcock, der taucht auch immer in seinen Filmen auf, und zwar immer dann, wenn man ihn nicht erwartet, das ist eben eine Frage des Timings, er streckt seinen Rücken durch und richtet sein Käppi, ja, ja, wir sind gerne ins Theater gegangen, mia Cara, du und ich, wir zwei, oder in die Oper, mit der Marina und dem Giuseppe waren wir in Verona in dieser Arena der Römer, dieses schöne Amphitheater, frag mich nicht, wie viele Leute da reinpassen, aber jedenfalls eine ziemliche Menge, so viel wie in einem Fussballstadion jedenfalls sicher, also gegen die zwanzig-, dreissigtausend würde man schon meinen, und dort haben wir uns Bianca e Fernando angehört, diese schöne Oper vom Bellini, das nimmt dich gleich beim ersten Ton an die Hand, und du bist für zwei Stunden wie weggeblasen, also der Bellini ist der König, irgendeinen Zauber hat der, dass es dich gleich davonträgt, da bist du noch zwei Wochen später davon beseelt, mamma mia, und du hattest dieses schwarze Kleid an mit dem offenen Rücken und die Haare aufgebunden, ich war der stolzeste Mensch in dieser Arena an deiner Seite, also ich muss geleuchtet haben, dass man es bis drüben in Desenzano sehen konnte, sagt er und drückt die Lippen aufeinander und nickt.

Wir sind jedenfalls bald wieder voll in den Proben für das Theaterstück an der Schule, das braucht genügend Vorlauf, das muss Platz haben, damit es schön schnaufen kann, also lieber etwas mehr Zeit für die Theaterproben einrechnen, damit wir im Dezember dann auch parat sind, wenn die Lichter auf der Bühne angehen, so ist man auf die Überraschungen vorbereitet, eine gute Planung ist natürlich wesentlich, aber auf dem langen Weg bis zur Premiere gibt es immer noch die unvorhergesehene Variable, da kann nämlich noch viel passieren, so viel Routine haben wir ja über die Jahre gesammelt. Letztes Jahr mitten in den Proben ist der Musiklehrer wegen eines bösen Schienbeinbruchs für drei Wochen ausgefallen, ja, wo findet man da auf die schnelle einen Organisten her, so dass der Abwart sich ans Klavier setzen musste, die Grundakkorde bekommt man schon mit, wenn man auf seiner Runde mit dem Besen auch im Musikzimmer vorbeikommt. Es steht ja da, das schöne Klavier im Zimmer vom Kapellmeister, warum man sich dort nicht mal etwas hinsetzen sollte, und so habe ich den Gesang etwas begleiten können, einfach die Pedalen, diese khoga Pedalas, das verstehe ich noch nicht, ich meinte ja, wer Auto fahren kann, kommt auch mit diesen Pedalen dort unten zurecht, aber ganz so war das denn nicht, ich weiss heute noch nicht mit Sicherheit, welche Pedala ich jetzt schon wieder drücken müsste, als Laie ist man da eba schnell mal überfordert, wenn man oben am Brett auf die Finger schauen müsste und gleichzeitig auch noch unten die Pedalen drücken, da ist das Autofahren denn schon leichter mit dem Steuerrad, auch wenn es dort drei Pedalen hat und nicht nur zwei wie am Klavier, er hält den Kopf schief und schaut nach oben, oder vielleicht waren es doch drei.

Dabei wäre ich ja für das Licht zuständig gewesen, der Abwart fährt nämlich das Licht, und zwischendurch hat er im richtigen Moment eba seinen Auftritt und läuft hinten rum um das ganze Gebäude und ist wieder zurück am Licht, um die nächste Einstellung zu fahren, das braucht schon seine Konzentration, da mache ich mir davor mit Bleistift einen schönen Plan auf einem Blatt, wo alles genau draufsteht, und dann sollte mit dem Licht eigentlich nichts schiefgehen, das Licht darf man nämlich nicht unterschätzen, damit kannst du ziemlich was herausholen, das sieht man bei den Zauberern, wenn der Lichtmeister einen schlechten Tag einfährt, ja, dann Gutnacht, dann fliegt der ganze Laden auf, das wäre ja schon nicht gerade die Idee, dass die Zuschauer im Publikum mitbekommen würden, wie dieser Trick da mit dem Hasen oder der mit der Säge genau funktioniert, dann hast du dann dein Kapital verspielt, also beim Lichtmeister sollte man im Budget denn schon nicht grad einsparen und den Erstbesten nehmen, sparen kann man von mir aus beim Papier, auf dem man die Vorschauen druckt oder die Billette, dann nimmt man halt für alle Billette die gleiche Farbe, anstatt sie dreifarbig zu drucken wie sonst, wo wir die blauen für die Erwachsenen hatten, schön auf ein Bigeli, dann ein Bigeli mit den grünen für die Kinder und eines mit den rosaroten Billetten für die Pensionäre, dann sind halt alle Billette gelb, ist jedenfalls gschider, als beim Lichtmeister zu sparen, denn der kann die ganze Baracke retten, wenn es denn sein muss.

Dieses Jahr jedenfalls werden wir noch ein viel schöneres Spektakel auf der Bühne feiern, grad aus Trotz, wenn die Herrschaften von der Gemeinde die Schule schliessen wollen, dann gibt es dann auch kein Theater mehr, aber die kommen ja nur in unsere Theateraufführung, weil sie wissen, dass sie auch dann wieder nach Hause gehen dürfen, wenn sie es nicht verstanden haben. Aber wir machen das nicht für diese Globis, wir machen das denk für die Kinder, die sollen diese Sensaziun erleben dürfen, da oben auf den Brettern dieser Welt zu stehen, und manch einen hat das dann zu einer grossen Karriere inspiriert, wie der Anton, der später über die Bühnen dieser Welt gezogen ist und den Narren gegeben hat, seine erste Rolle hatte er denn hier, da ging es um die Vögel, und er war der Hilfskoch und musste für seinen Chef die Würmer sammeln, und als er runter gekniet ist, um die Würmer aufzusammeln, hat sein Chefkoch gesagt, doch nicht hier, draussen denk, du Idiot, und dann hat der Anton, aha, gesagt, und ist rausgegangen, das war sein ganzer Auftritt, aber der hat das so überzeugend gespielt, dass wir alle genickt und gemeint haben, der wird es machen, der hatte seine Bestimmung gefunden, und am Schluss stand er da in der Mitte mitten unter den anderen, und ein Applaus gross wie ein Platzregen ist im Saal nieder.

Die Schauspieler spielen insgeheim immer für den dritten Rang und nicht für den ersten, sagt er und nickt, das habe ich den Kindern gesagt, sowas muss man wissen, das sieht man nämlich auch bei den grossen Schauspielern, die guten, die machen das auch dann noch, wenn sie bereits gross und berühmt sind, das ist nämlich eine Haltung, das habe ich den Kindern gesagt, dazu muss man sich bereits früh seine Gedanken machen, diese Sachen muss jeder für sich klären, das ist nämlich Philosophie. Und dann haben mich diese kleinen Knöpfe mit grossen Augen angeschaut, aber ich glaube schon, dass sie verstanden haben, was ich meinte.

Da ist natürlich wichtig, wie man hinsteht, auf der Bühne musst du eine gute Haltung annehmen, sagt er und streckt den Rücken durch, wie im Leben eben auch, oder im Schulzimmer, das beginnt bereits damit, wie du ins Schulzimmer kommst, kannst ja nicht mit den Pantoffeln reinlatschen, als hättest du noch das Pyjama an und seist erst gerade aufgestanden, die Kinder spiegeln dich nämlich, wir hatten mal für ein Semester eine Vertretung, weil die Tante Tresa auf einer Weltreise war, und bei dem wusste man nie genau, wie lange es dauerte, bis er einnickte, beim Diktat las er plötzlich etwas langsamer, konnte sich am Anfang aber noch halten, bis er dann endgültig über die Kante kippte und furt war, in den Abgrund gefallen, das dauerte dann meistens eine Viertelstunde, bis er wieder zu sich kam. Das erste Mal ist sowas ja noch lustig, wenn sich alle Kinder anschauen und einander fragen, ob er jetzt wirklich eingeschlafen sei, oder spielt der uns nur ein Spässli, aber wenn das dann zur Gewohnheit wird, dass der Pädagogus seinen Znünischlaf macht, ist man dann schon froh, wenn wieder die Tante Tresa zurück ist, und dann wird gesungen und gerechnet und gelesen und geschrieben, und etwas über die Tiere gelernt, und über die Pflanzen, und gebastelt und gezeichnet, das tätschte und klöpfte den ganzen Tag lang, dass es eine Freude war, im Gegensatz zum anderen da von der Vertretung. Oh, aber die Tante Tresa, die haben wir geliebt.

Aber morgen müsste ich dann noch den Stromkasten überprüfen, sagt er und holt ein Notizblöckli aus der Hosentasche, das habe ich mir nämli aufgeschrieben hier, ja, wo ist es denn, er blättert, irgendwo hier habe ich es notiert, hm, das Kästli jedenfalls müsste auch gewartet werden, jetzt, wo wir bald in den Theaterproben stecken, damit wir uns nicht einen Stromausfall einfangen öppa, und vielleicht auch noch grad dann, wenn wir zmitzt in der Aufführung wären, ist ja afängs eine ältere Einrichtung, nicht wie beim Lottoabend vor zwei Jahren, als der Strom plötzli mitten im Spiel ausfiel, wo die Emotionen grad so aufkochten und niemand mehr so genau wusste, wer jetzt welche Karten öppa auf dem Tisch hatte, man stelle sich das Casino vor, wenn da auf der Bühne all die schönen Gschenkli aufgereiht sind und es grad um das Goldvreneli geht und dann das Chaos ausbricht, weil das Licht im Saal ausgeht. Also das hat noch lange für grosse Discussiuns gesorgt, ein paar meinten sogar, jemand habe das Stromkästli manipuliert, er hebt die Augenbrauen, ja, wenn's ums Goldmünzli geht, kennen sie dann nichts, aber gut war es nur eine Sicherung, die ausgebrannt war, und man hat das Glücksspiel wiederholen können, nicht dass es eine Schlägarai gegeben hätte wegem Goldvreneli öppa, sagt er und lächelt.

Das Stromkästli ist nämli im unteren Stock, grad wenn man die Treppe runterkommt links, und wenn ich so vor diesem Kästli stehe und es aufmache, ist mir nie ganz wohl, nicht dass man sich öppa einen Stromschlag einfängt mit den vielen Kabeln, rote und grüne und blaue und gelbe Kabel mit grünen Streifen hat's da, das sieht ein bisschen aus wie diese Luftschlangen aus Konfetti, die man an der Fasnacht hat, also wenn es um diesen Kabelsalat geht, war ich noch nie ein grosses Genie, aber das ist halt auch Teil vom Pflichtenheft, der Strom muss gesichert sein, und dafür haben wir ja die vielen Stauseen hier oben in den Bergen, die uns den Strom produzieren, aber frag mich nicht, wie viele das wären im Kanton, jedenfalls ziemlich ein paar. Aus Süditalien kamen die Arbeiter rauf und haben die Staumauern im Akkord hochgezogen und die Ebenen geschwemmt, wie in Panix, wo wir über die Ebene spaziert sind dem Flüssli entlang bis ganz hinten, du hattest die Kette mit dem Anhänger von deiner Mutter an, und dort hinten sind wir in der Wiese gelegen und haben in den Himmel geschaut, der einem noch viel grösser vorkommt, wenn man auf dem Rücken liegt. Bevor die Maschinen eba aufgefahren sind und das Tal zugemacht haben, um die Ebene zu schwemmen. Und vorne in der Beiz im Dorf haben wir zur Feier diese feinen Maluns gegessen, also schon farruct gut waren diese, für Maluns mit Apfelmus würde ich sterben.

Er lächelt, also ziemlich ein paar Mal habe ich über die Jahre hinweg probiert, dir diese Maluns zu kochen, aber so, wie es meine Mutter machte, habe ich es nie hinbekommen, einmal waren sie zu dick, einmal zu brösmelig und einmal zu mehlig, oder ein anderes Mal hatte ich sie zu schnell erhitzt, also ein gutes Dutzend Jahre habe ich hinlegen müssen, bis sie mir mal gelungen sind, sagt er und lächelt, eba so, wie sie sein sollten, da bleibt man halt schon dran, wenn ich es dir schon versprochen hatte, wollte ich dir denk auch diese feinen Maluns kochen können, und zwar mit Öpfelmuas, tutti quanti, wie es sich gehört. Das war mir aber ein langer Weg, bis das denn guat war.

7

Er summt ein Lied und geht über den Kies und steht mit den Händen in den Hosentaschen vor die Mauer hin, mhm, hier lernen die Kinder das Scheitern, sagt er und nickt, oh jo, das muss gelernt sein, das Scheitern ist nämlich eine Kunst für sich. Wie diese Turnerinnen da im Fernsehen, wenn sie am Reck ihre Überschläge machen, man will gar nicht wissen, wie oft die auf die Nase gefallen sind, bis sie endlich die Stange erwischt haben, da fällt man nach dem Salto ein Dutzend Mal an der Stange vorbei runter auf die Matten, padamf, runter kommt eben alles, das ist Physik, auf eine Bauchlandung folgt eine nächste, bis man endlich diese khoga Stange erwischt. Schlimm ist das Scheitern nur, wenn man das Stürzen nie gelernt hat, dann bricht man sich nämlich das Genick. Das Stürzen ist das erste, was die Kinder lernen müssen, und das lernt man eben in der Schule, zum Glück, man stelle sich vor, in der Schule sei immer nur alles guat und recht, und dann gehst du raus ins Leben und fällst das erste Mal auf die Nase, ja, das schlägt dir dann so heftig aufs Gemüt, dass es dir gleich den Glauben in zwei Stücke bricht. Nachdem ihnen eba öppis fünf Mal nicht gelungen ist und dann plötzlich gelingt, haben sie nämlich einen huara Plausch, wir sind ja keine Maschinen. Aber das Scheitern ist nicht mehr en vogue, heute müsste jeder gleich sofort den doppelten Rittberger hinlegen.

Gut, grad zum Hobby sollte man sich das Scheitern auch nicht machen, wie der Benedict, also dem ist jetzt schon ziemlich alles schiefgegangen im Leben, also denn zimli alles, man meinte fast, der habe das Scheitern abonniert wie andere ein Heftli bei der Margrit vom Kiosk. Dafür war er aber der Erste, der in der Schule einen dieser modernen Taschenrechner hatte, dass alle gestaunt haben, was für ein schönes Grätli der da plötzlich auf dem Pult stehen hatte, dass wir alle in der Nacht davon träumten, auch so eine Maschine zu haben, bei der man einfach die Zahlen eintippen konnte und das Resultat, padimf, auf der Anzeige aufblinkte, und denn in einem Tempo oho, und die Weihnachten darauf hatten denn alle auch so ein gschides Grätli unter dem Baum, das einem die Rechnungen kalkulierte, dass man sie nur noch ins Heft schreiben musste und doppelt unterstreichen mit dem Lineal. Das kam einem grad so vor, als sei man in der Zukunft angekommen. Aber es sind afängs eigenartige Zeiten, meinte man, denen wir Steuerbord voraus entgegenfahren, denke ich mir manchmal, wenn ich auf meiner Runde mit dem Besen an den Maschinen hinten im Schulzimmer vorbeikomme, die mit dem Satelliten oben im Himmel verbunden sind. Wenn denn jeder so ein Grätli im Hosensack hat, das andauernd surrt und piepst und einem sagt, was man zu tun hat und was nicht, was man zu essen hat und was nicht, da wird man ja ganz plemplem oben im Kopf von den vielen Befehlen, die einem der Himmel gibt, sagt er und schaut in die Wolken. Der Benedict war dann auch der erste im Tal, der eine dieser Maschinen in der Garage hatte, die flimmerte und Geräusche machte wie ein Raumschiff, nur, dass ihm dann die Garage explodiert ist.

Etwas Stille würde dieser Welt ja guttun, sagt er vor sich hin und schaut zu den Bergen hinauf, wo doch vom Russisch däna bis rüber nach Pjöngjang geschrien und gelogen wird, dass sich die Balken biegen, ja, ja, das Flüstern würde dieser Welt guttun, wie in diesem Theaterstück, das wir in Zürich gesehen hatten auf dieser schönen Bühne, wo die Schiffe früher gebaut wurden, also schon eine schöne Halle ist das, und davor sind wir noch ein bisschen den See entlang spaziert auf dieser Promenade, mhm, das war denn schön, dieser See und die Berge im Hintergrund, und während dem Theaterstück wurde das ganze Stück über nur geflüstert, dass man es noch zwei Wochen später hörte. Die bellenden Hunde, die haben dir noch nie imponiert, sollen sie bellen, solange sie wollen, aber die Stille, die hat Klasse. Die brauchen wir denk zum Nachdenken, ja, wie stellt man sich das vor, wenn in einem Schulzimmer alle herumschreien würden, da käme ja gar niemand mehr dazu, auch nur einen schönen Gedanken aufzuspüren. Der Grossvater zog sich jeweils an den Dorfrand zurück in den Wald, wenn er was zu studieren hatte, und nachdem er drei Tage und drei Nächte darüber nachgedacht hatte, teilte er sich mit. Das ist ja nicht Wildwest, ein schöner Gedanke braucht seine Zeit, das sollen die Kinder denk lernen, also wenn sie unschlüssig sind, dann sage ich, sie sollen mal guat darüber nachdenken und einen Spaziergang machen und vielleicht runter zum Fluss gehen und dort entlang etwas spazieren, bis der Kopf klar wird wie Quellwasser, wie im Konzert, etwas Ritardando vielleicht, dann führt das Denken auch zu was, anstatt dass man zuerst schiesst und erst dann zielt.

Die Urgrossmutter, die hat nie farruct viel gesagt, aber vor ihr hatten wir den grössten Respekt, die sass da am Fenster und schaute hinaus, und im richtigen Moment nahm sie das Wort, ui, das war denn eindrücklich, die glaubte denn, was sie sagte, er hebt die Augenbrauen und nickt. Wenn die Kinder im Schulhaus fragen und man die Antwort nicht weiss, dann weiss man sie halt nicht und sagt das auch so, oh jo, alles wissen wir halt nicht, einige Sachen bleiben ein Mysterium. Ist ja wie in der Liebe nicht anders, wenn es funkt, dann funkt es eben, das ist elektrisch, sowas kann man sich nicht erklären. Die Jolanda aus dem Städtli meinte auch, sie könne ihre Hobbys in diese Maschinen eingeben und die spucke ihr dann den richtigen Mann raus, er lächelt, na sowas, das ist doch kein Kiosk, natürlich, die hatte halt viel zu tun und keine Zeit, um in den Cafés rumzuhocken in der Hoffnung, sie würde vielleicht jemanden kennenlernen, die war ja auch von der Arbeit her gewohnt, dass ihr die Schuhe geputzt wurden, eine ganze Armee an Angestellten führte die, aber frag mich nicht, was für eine Firma das war, die sie führte, ich denke, die haben Lippenstifte oder Autoradios oder was in der Art produziert.

Die Verena drüben von der Beiz hat mir das mal gezeigt, wie das geht mit diesen Bestellungen über die Maschinen, also wie beim Jelmoli-Katalog ist das, wo man ankreuzen kann, was man will, zuerst fragen sie dich bis auf die Unterhosen aus, und wenn du den Fragebogen ausgefüllt hast, ob lieber mit langen oder kurzen Haaren, alles kann man da ankreuzen auf diesem Wunschzettel, kannst dir da einen Menschen zusammenbasteln, genau so wie du willst, mit allen Details und Gewohnheiten, die du gerne hättest, und sobald du bezahlt hast, das kostet halt denk öppis, schickst du die Bestellung ab, und der Mann wird dir ins Haus geliefert, na sowas, da könnte man glatt meinen, der Mensch werde im Labor hergestellt und dann zugestellt, und wenn es nicht funkt, kann man reklamieren und bekommt einen Teil vom Geld zurück, aber ob das wirklich so ist mit der Rücknahme, da müsste man das Kleingedruckte nochmals lesen, kann natürlich schon sein, dass das mit der Rücknahme nicht geht, die Jolanda hatte nämlich ihre Anwälte eingeschaltet, weil sie nicht das volle Programm bekommen hatte. Oh jägeri, was für ein Waterloo. Aber um geliebt zu werden, tun die Menschen alles.

Andere haben das Scheitern zur Kunst gemacht und Kapital daraus geschlagen, oh jo, wie diese zwei Paiasse aus dem Zirkus, zwei Akrobaten waren das, gute Athleten und gut gebaut, die sahen aus wie diese Götter aus Marmor, die sie in Griechenland herumstehen haben mit dem Diskus in der Hand, die hatten sich eine Nummer einstudiert, und zwar so, dass es extra scheiterte, wenn sie also die Stange hochkletterten, schauten sie, dass ihnen dabei ein Faux-pas passieren und was schiefgehen würde, was ja noch viel schwieriger war, als die Nummer ohne Fehler zu bringen, er lächelt, das Scheitern par excellence haben die inszeniert, nur dass die meisten Zirkusse, wo sie zum Vorspielen hingegangen sind, ihnen das Scheitern auch wirklich abgekauft haben und meinten, sie sollten noch ein bisschen üben und in einem Jahr wiederkommen, und dann könne man schauen, überall haben sie sich Körbe eingefangen, bis sie beim Zirkus von Monte Carlo vorgespielt haben, dem Zirkus mit dem grössten Renommee, und ins Programm aufgenommen wurden, ja, ja, es braucht ja immer auch ein Gegenüber, das erkennt, was du da genau machst.

Er nimmt ein Foto aus der Brusttasche seines Hemdes und schaut das Bild an, hm, sagt er und lächelt, das Foto habe ich immer mit mir, sagt er und schaut das Grab an, das war unser erstes Foto, mit deiner Polaroid-Kamera haben wir dieses gemacht, eine Sofortbildkamera, also so eine praktische Sache, da hast du die Kamera dabei und drückst auf den farbigen Knopf, und das Foto kommt sofort raus, zuerst ist alles noch weiss und blanco wie die Zukunft, und dann erscheinen wir plötzlich auf dem Bild, immer klarer sieht man, wie wir da stehen am Geländer am See in Ascona, du und ich, wie wir uns umarmen, und im Hintergrund dieser schöne See und die Wolken. Ein Sonntag war das, und weiter als auf den Lukmanierpass wollten wir an diesem Tag aber nicht, um mal zu schauen, wie das so aussieht dort oben auf dem Pass, so sind wir am Morgen losgefahren das Tal hinauf, bei Disentis sind wir links abgebogen und weiter das Tal rauf, immer weiter rauf, durch die Galerien gedonnert und bis auf den Pass, 1915 Meter über Meer, das weiss ich noch genau, und hatten dort oben beim See ein Picknick complet. Also dieser orange Opel stand dir gut, das war halt Mode, so bunte Karren dann, da musste man noch Benzin Super einfüllen, und ein Schiebedach hatte es auch, drehte man die Kurbel, sah man den Himmel. Und anstatt dass wir wieder zurückgefahren sind, sind wir einfach in die andere Richtung, runter ins Tessin, durch die Magadino-Ebene bis rüber nach Ascona am See, wo wir drei Japaner gefragt haben, ob sie das schöne Foto von uns schiessen würden, was sie auch ohne Widerrede gemacht haben. Wenn es um die Technik geht, sind die Japaner nicht zu schlagen. Und freundlich sind sie sowieso, also ich hätte noch nie einen Japaner getroffen, der nicht freundlich gewesen wäre, das muss man ihnen lassen. Auf der Rückfahrt in der Nacht bin ich dann eingeschlafen, und du hast mich auf dem Pass geweckt und gesagt, schau, und über uns lag dieser Sternenhimmel ausgebreitet so schön wia susch nüt.

Hm, sagt er und steckt das Foto zurück in die Brusttasche, ja, ja, die Liebe lässt sich nicht im Labor herstellen, zum Glück sind wir noch nicht so weit, sonst wäre die Menschheit am Ende, sagt er und schaut über die Landschaft, und heute meinen die Leute, dass sie alles kontrollieren müssten mit diesen schlauen Geräten, die sie in der Hosentasche herumtragen wie ein Haustier, also so eines brauche ich denn nicht, wir sind doch keine Telefonkabinen. Und ob diese Grätli das Leben einfacher machen, weiss man denn nicht so recht, es macht es eher etwas ungesünder, da geht man durch das Städtli, und an der nächsten Ecke steht schon wieder jemand wie eingefroren mit dem Kopf im Bildschirm, und dann müssen sie in die Klinik, weil sie in der Nacht vor lauter Aufregung nicht mehr schlafen können und ihnen der Kopf davon durcheinandergeraten ist, aber auch mit diesen Grätli lässt sich das Leben eben nicht kontrollieren, denn was morgen ist, bleibt das grosse Geheimnis, il grond misteri, zum Glück, denn das Nichtwissen ist das, was das Leben interessant macht. Und der Herrgott macht sowieso, was er will. Der lässt sich nicht dreinreden.

Hin und wieder fährt man gegen einen Baum im Leben, das ist nun mal so, und das lernen sie in der Schule, diese Knöpfe, und eben auch, dass sie nicht gleich die Sense ins Gjätt schmeissen sollten, wenn es nicht grad so geht, wie sie meinen, es sollte. Man kann sich ja nicht aus dem Tagesgeschäft zurückziehen, nur weil man einen Penalty verschossen hat, das wäre auch etwas eigenartig, wie der Christoph, der nach dem ersten Tiefschlag den Rücktritt erklärt hat, ja, was soll der liebe Pfarrer denn bei der Abdankung sagen, wenn sich jemand dem Leben versperrt hat, sagt er und kratzt sich an der Stirn. Ein attraktiver Mann war das, und da tauchte eben die Josyanne aus dem Französischen auf, ja, ja, an dieser hat er sich verbrannt, einen heftigen Liebeskummer hat er sich eingefangen, ui, wo ihm bis anhin doch alles im Leben gelungen war, ja, sowas passiert, daran ist noch niemand gestorben, aber ab da an meinte er bei jeder Frau, die er traf, dass er ein Vorstrafenregister einholen müsse, bevor er sich auf einen Spaziergang eingelassen hätte, um ja nicht nochmals einen Tiefschlag einzufahren, und jedes Mal, wenn sie auflachte, meinte er gleich, sie zücke das Fleischmesser.

Man kann sich auch dem Leben entziehen, und dann müsste der liebe Pfarrer Albert, der alte Knochen, sich die Biografie zusammendichten wie ein Poet, wo er doch selber schon in einem Alter ist, wo ihm nicht mehr alles einfällt. Nai, nai, das Leben müsste man schon selber ausgestalten, das ist ein Garten, und was für Blumen da wachsen sollen, entscheidet jeder selber. Die Zeiten, in denen die Miserie über dem Tal lag wie ein Nebelschleier am Morgen und man keine Wahl hatte, sind spätestens, seit die Mericaner die Hippies erfunden haben und auch unsere Väter mit langen Haaren und diesen komischen Hosen rumlaufen durften, vorbei, ja spätestens seit den 60ern darf man auch hier das Leben mit Blumen ausschmücken, wie man will, anstatt dass man im Selbstmitleid versinkt wie der schöne Christoph, der noch Jahrzehnte später im Altersheim sagte, er habe nicht unterschrieben, um hier auf dieser Erde zu sein, und das alles nur, weil die schöne Josyanne aus dem Welschen ausgeholt und ihn in die Wüste geschickt hatte. Der hätte sich nach dem fürchterlichen Liebesbrand von anno 85 am liebsten davongestohlen. Ja, was will der Herr Pfarrer da als Geleitwort in den Himmel hoch denn sagen? Dass er sich nach einem Liebeskummer nicht mehr aus dem Haus getraut habe, und mehr wisse man eigentlich auch nicht, das wäre auch etwas eigenartig. Einen Liebeskummer haben wir nun alle schon mal eingefahren, das bedeutet ja nicht, dass man ein schlechter Mensch ist, nur weil es einen überschlägt. Meistens ist ja die Angst vor dem nächsten Sturz schlimmer, als was der Sturz in Wirklichkeit ist. Ja, ja, die Angst lähmt. Dann steht man halt wieder auf, klopft sich den Staub von den Hosen, bindet sich nochmals die Schuhe und geht weiter. Beim Tennis würde man ja auch meinen, dass man nicht gleich wieder nach Hause geht, wenn der erste Return ins Netz geht, also deswegen muss man nicht gleich die Tasche packen und gehen.

8

Du gewinnst, du verlierst, sagt er und geht über den Kies zum Grab hin, gut, haben wir hinter dem schönen Schulhaus den Rasen mit dem Goal, wo die Kinder das Gewinnen und Verlieren üben können, und wenn sie das mal gelernt haben, protestieren sie auch nicht lange rum, wenn sie mal einen Strafzettel einfahren, hier gibt es nämlich Regeln, und wenn sich jemand ein Spässli erlaubt wie der Urbi und der Orbi, die hier zur Schule gegangen sind und jeden zweiten Tag irgendeinen Saich angestellt hatten, dann zieht das halt seine Kosequenzen mit sich, wie würden wir denn leben, wenn jeder seine eigenen Regeln hätte, das geht nun mal nicht, das ist wie bei der Verkehrskontrolle, wenn dich die Polizistin rausnimmt, weil du zu schnell gefahren bist und dir sagt, Sie waren zu schnell, das gibt eine Busse. Dann sage ich, ja, das gibt eine Busse, und dann schaut sie dich perplex an. Ja, warum sollte man denn keine Busse bekommen, schliesslich bin ich ja zu schnell gefahren, oh jo. Das Beste ist nämlich, immer alles zuzugeben, und dann können sie immer noch entscheiden, ob sie die Busse nun wirklich geben wollen, also ich staune immer wieder, warum man nur die Hälfte der Bussen kassiert, sobald man zugibt, dass man die Regel überschritten hat. Es wäre ja nicht so, dass ich das Strafzetteli hundsverräcka würde haben wollen, so ist es denn nicht, en conträr, und ich würde sie dann auch flux zahlen, gleich sur place, damit das erledigt wäre, aber wenn du ihnen die Macht zugestehst, über Gut und Böse zu entscheiden, wählen sie meistens eba doch das Gute, anders kann ich mir nicht erklären, warum sie einem die Bussen ersparen.

Nur kein falscher Stolz in solchen Momenti, der Stolz ist ja keine schlechte Sache, sep scho nid, aber die Frage ist, wo er öppa wahr ist und wo nur Narzissmus, das sind nämli zwei verschiedene Sachen, oh jo. Das ist wie bei diesem Radrennfahrer aus dem Süden, Gianni hiess der, ein Italiener und Weltmeister auf der Strasse, also schon ein guter Rennfahrer, der fuhr im Giro d'Italia den Pass hinauf, es schiffte wie selten, das Peloton war weit zurück, und mit ihm im Anstieg zum Ziel hinauf war dieser junge Amerikaner, und an diesem Tag war klar, die zwei würden sich den Sieg untereinander ausmachen, der Italiener und dieser junge Mericaner mit dem frechen Latz. Den ganzen Aufstieg lang hinauf beschimpfte und beleidigte dieser junge Hund aus La Merica den Italiener, und denn alles unter die Gürtellinie, eine Beleidigung nach der anderen brachte der hervor und versuchte, den anderen fertigzumachen, und der Italiener, der alte Kerl mit dem schönen Haar und den Nerven eines spanischen Stierkämpfers, hat aber einfach nach vorne geschaut und sich nicht provozieren lassen, der war denk ein Gentleman, hat aber irgendwann merken müssen, dass dieser junge Mericaner zu stark für ihn war und er ihn nicht schlagen könnte an diesem Tag, so dass er sich kurz vor dem Ziel hat zurückfallen lassen auf den vierten Platz, und als man ihn danach fragte, warum er das getan habe, sagte der, mit diesem stehe ich nicht auf dem Podest, dann bin ich lieber Vierter, sagt er und hebt die Augenbrauen, so viel Selbstachtung muss sein. Mhm, und wie recht er hatte, die Würde lassen wir uns nämlich nicht nehmen, ja, ja, der Gianni hatte da seine Prinzipien.

Wir lassen uns jedenfalls auch nicht provozieren, egal, wie falsch die Gemeinde spielen will, die Würde können sie uns nicht nehmen, denn gewinnen kann man nur mit Würde, sagt er und bleibt vor der Mauer stehen, er schaut zu den Bergen hinauf und drückt die Lippen aufeinander. Am Ende fügt sich alles, das hast du immer gesagt, mia Cara, und daran glaube ich, sagt er und schaut in den Himmel, der Mericaner mit seinem Rennvelo hat zwar an diesem Tag die Etappe vom Giro d'Italia gewonnen, sep scho, aber Jahre später ist dann alles aufgeflogen, betrogen und belogen hat er, alles hat er sich erschwindelt, der Kerl, ja, ja, das ist halt ein Bumerang, kannst das gelbe Ding so fest schmeissen, wie du willst, das fliegt immer zurück, manchmal ist der Bogen ein bisschen grösser, aber alles kommt auf dich zurück, das ist ein Naturgesetz. Also lieber Gutes tun. Dann kann es stürmen, wie es will, das kann dir nichts anhaben.

Und wenn die Gemeinde uns die Hölle heiss machen will, weil wir uns wehren, dann sollen sie, wir halten dagegen und bewahren die Contenance, soll kommen, was will. Da kann der Gmaindspräsident dann bescheissen und intrigieren, wie er will, ja, darin ist er nämlich gut, ja, auch der Gmaindspräsident hat nämlich seine Talente, also dass er ein grosser Manipulator ist, das kann man ihm jetzt wirklich nicht absprechen, darin hat er denn viel Meisterschaft, ja, auch das ist ein Talent, sep scho. Der war bereits als junger Mann ein Falschspieler, sind nun auch bereits ein paar Jahrzehnte her, dass er hier die Stufen durchlaufen hat, grad bevor ich frisch auf dem Schiff angestellt war, also wie der geradeaus gelogen hat, und denn ohne das Gesicht zu verziehen, in einer Selbstverständlichkeit, als sei das der Courant normal, da hat man denn schon noch gestaunt und sich gefragt, was in Gottswillen denn mal aus diesem werde, und andere fangen sich drei schlaflose Nächte ein, weil sie in der Prüfung rüber auf das Blatt vom Pultnachbar geschaut haben, aber der denn nicht, nai, nai, für den ist es vermutlich eigenartiger, wenn er mal die Wahrheit sagt. Und etwas Charisma hat er eben schon, das ist denn eine gefährliche Mischung, solche Züge würde man eigentlich diesen Hochstaplern zusprechen, die die Leute um ihr Vermögen bringen, wie das ältere Ehepaar, das im Dorf hinten im Tal Investitionen in Millionenhöhe versprochen hatte, dass alle meinten, das sind jetzt aber nette, bis sie sich aus dem Staub gemacht haben mit ein paar Koffern voller Scheine.

Mhm, wir halten jedenfalls zur Wahrheit, dafür stehen wir ein, er richtet den Kragen von seinem Hemd. Aber der Herbst will noch nicht sein Gesicht zeigen, es fühlt sich an, als wäre man noch im Sommer, also wo uns das hinführt mit diesen Temperaturen, will man vielleicht gar nicht wissen. Die Marina und der Giuseppe meinten, dass sie am Wochenende hochfahren würden von Milano hoch, sagt er, dann würde ich einen Spaziergang machen und sie besuchen, habe ich ihnen gesagt, und vielleicht könnte ich auch gleich was für sie kochen und als Überraschung mitnehmen, eine Wähe vielleicht mit den Zwetschgen aus dem Garten, die du immer so gerne hattest, oder ein paar Capuns, ja, vielleicht doch die Capuns, dann hole ich im Garten ein paar Mangoldblätter, die sind nämlich schön gewachsen, und mache die Capuns für sie, die haben sie gerne, der Marina geht jedes Mal das Herz auf, wenn ich die Capuns bringe, sie hat mich bereits ein paar Mal gefragt, wie ich diese mache, aber ich habe nur, hm, gesagt und gelächelt, das Rezept habe ich nämlich von der Grossmutter, das hat sie mir dann doch verraten, aber erst nach ein paar Jahrzehnten, niemand wusste nämlich, wie sie diese Capuns genau machte und was da noch reinkam, um sie zu veredeln, sie sagte aber nichts und lächelte nur, wenn sie die auf den Tisch stellte, das einzige, was zählte, war das, was auf dem Teller war, und das war sensaziunal. Und am Schluss fragte sie jeweils, hat's geschmeckt, und wenn sie unsere Augen sah, die wie Sterne leuchteten, dann sagte sie, denn isch recht.

Man muss nämlich nicht immer alles wissen, sagte auch die Tante Tresa immer, die Gute, und wenn sich eines der Kinder vor ihrem Pult windete und die Hände hinter dem Rücken verschränkte und nicht wirklich mit der Sprache herauskam, sagte die Tante Tresa, was willst du mir sagen, und wenn das Kind sich dann eine Ausrede zusammendichtete mit all der Fantasie dieser Welt, warum es eben die Aufgaben nicht gemacht hatte, sagte die Tante Tresa, schau, wenn du die Hausaufgaben nicht gemacht hast, dann sag einfach, ich habe die Hausaufgaben nicht gemacht, weil es eben so ist, und Punkt, aber Ausreden will ich denn keine hören, gell. Deine Fantasie, die brauchst du für die schönen Geschichten, die du schreibst, aber nicht für die Ausreden. Ja, ja, sagen, wie es ist, das war der Tante Tresa viel lieber als irgendeine erfundene Sache, die wir ja selber nicht glaubten. Gut, dann bringe mir die Hausaufgaben morgen, sagte sie dann und basta. Also da müsste man denn zuerst noch einen Bundesrat finden, der noch nie die Hausaufgaben vergessen hat.

Was mal aus uns und dieser Welt wird, frage ich mich manchmal, wenn ich so mit dem Besen auf meiner Runde bin am Abend nach dem letzten Gong, wenn die Kinder afängs davongezottelt sind, und so in ein Schulzimmer komme wie bei der Angelica von der Religion, wo ein Globus auf dem Tisch steht, ja, frag mich nicht, warum die einen Globus auf dem Tisch stehen hat, aber das wird schon seinen Grund haben, dann bleibe ich jedenfalls hin und wieder mit dem Besen beim Globus stehen, mache das Licht an und drehe ihn ein bisschen und schaue mir an, was für Länder es alles gibt und wo die Flüsse durchgehen und wo welches Gebirge ist und welche Meere und die Kontinentalplatten, als Abwart bekommt man en passant immer wieder etwas mit, das ist nämlich interessant, all diese vielen Länder, die da auf dem Globus eingezeichnet sind. Dann kommen die Kinder nämlich hier durch das grosse Portal, und da würde es einem schon wundernehmen, wohin es sie denn zieht. Hin und wieder bekomme ich eine Postkarte von irgendwo auf der Welt, von irgendjemandem, der hier in diese schöne Schule gegangen ist, sie wissen nämli schon, dass einem so eine Postkarte freut, ohne dass man es ihnen gesagt hätte, und so bekommt man etwas mit, wo sie gerade unterwegs sind und wie es ihnen so geht, die sind ja nicht mit einem Peilsender ausgestattet, meistens verschwinden sie nach dem letzten Schultag nämlich vom Radar.

Wenn ich also so vor dem Globus stehe und mir das oben im Kopf studiere, stelle ich mir vor, wie das wohl gerade dort draussen aussehen müsste, heutzutage weiss man afängs ja, wie das ein bisschen aussieht dort draussen, also noch bevor die Margrit ihren Kiosk hatte, war das denn schon schwieriger, ich meine, noch bevor die ersten Fernsehapparate das Tal schwemmten und man über die Antenne auf dem Dach die Welt ins Haus holen konnte. Es ist ja nicht so, dass man bei uns das Gold erfunden hat, die Gegend war denk lange arm, das wollen wir nicht vergessen, es sind denn einige später ein wenig kräftiger geworden, weil sie in der Kindheit nicht viel zu essen hatten, und sobald sie etwas älter waren und auch das nötige Münz beisammen hatten, haben sie das Essen in sich reingeschaufelt, als müssten sie die Kindheit in den bescheidenen Verhältnissen öppa kompensieren, er nickt, aber seit die Margrit ihren Kiosk aufgemacht hat dort drüben, konnte man dort etwas verweilen und in den Heftli mit den schönen Bildern blättern, so bekam man etwas einen Eindruck, wo es wie aussehen müsste. Es ist ja immer die gleiche Welt, die da abgebildet ist, nur kommt es darauf an, von welchem Standpunkt aus man sie beleuchtet, das ist wie bei den Büchern auch, hast du immer gesagt, es ist immer die gleiche Welt, die wir haben, eine andere haben wir nicht, aber es kommt eba darauf an, aus welchem Winkel man sie beleuchtet, oh ja, so ist die Welt immer eine andere. Bei ein paar Milliarden Menschen hätte man eigentlich ein paar Milliarden Welten. So wie meine Grossmutter erzählte, hatte die Margrit anfangs einen rechten Andrang da bei der Ablage mit den Heftli, da ist man hingegangen und hat sich das angesehen.

Später ist dann der Fernseher gekommen, das war dann mehr das Gebiet vom Grossvater, wir hatten den vierten Fernseher im Dorf, sagte der immer, etwas Stolz schwang da schon mit, bevor er den Satz, knapp am Podest vorbei, nachfügte, aber dafür seien sie die Ersten gewesen mit zwei Sendern und nicht nur mit einem wie alle anderen auch, und dann lächelte er wieder. Aber frag mich nicht, wie viele Jahrzehnte das zurücklag, das musste noch vor der Zeit sein, als diese Goldgräberhosen hier bei uns aufkamen, diese Bluejeans, da war er jedenfalls selber noch ein junger Mann, was einem als Kind immer etwas schwerfällt vorzustellen, dass dein Grossvater mal ein junger Mann war, jedenfalls hätten sie das mit den zwei Sendern zufällig herausgefunden, wie eben auch susch vieles aus Zufall erfunden worden ist, wie zum Beispiel die Microvella oder der Champagner, jedenfalls hätte es an jenem Tag dermassen das Tal hinab gestürmt, dass es ihnen die Antenne verschoben hat, so dass es auf dem Bildschirm nur noch schneite und sein Bruder ihn aufs Dach geschickt hat, um die Antenne zu richten, und als er auf dem Dachstock die zwei Dachziegel weggenommen und raus aufs Dach geklettert sei und an der Antenne gedreht habe, die am Kamin festgemacht war, sei plötzlich der Tessiner Sender auf dem Bildschirm erschienen, dass der Nachrichtasprecher grad Talian geredet hat, er habe nämlich die Antenne um neunzig Grad gedreht. Ab da an hatten sie eben zwei Sender, einen mehr als alle anderen, und wenn sie den Sender wechseln wollten, kletterte mein Grossvater aufs Dach und drehte die Antenne um neunzig Grad, bis sein Bruder unten in der Stube rief, guuaat.

Ja, ja, so hat man sich die Welt ins Haus geholt, das ist heutzutage denk anders, heute ist man sofort überall, dass es einem grad etwas Sturm wird, es müsste ja die Seele auch noch nachkommen, das braucht in der Regel drei Tage, bis die nach ist. Alles wandelt, und solange das Wasser den Rhein runterfliesst, lernen wir dazu, aber wenn die Sommer derart einfahren, trocknet uns das die Quellen aus, und die Schiffe laufen auf Grund, wobei man ja stolz wäre auf die über 600 Seen im Kanton, also 615, um genau zu sein, 615 Seen, das hört sich nach einer ganzen Menge an, und dann die vielen Flüsse, längere und kleinere und grössere und schmalere, und die vielen Bäche und Gletscher und die schönen Wasserfälle, ja, ob die denn auch weiterhin rauschen, fragt man sich. Und wenn ich dann da so stehe und den Globus anschaue mit dem Besen in der Hand und über die Welt und das Leben nachdenke, denke ich mir, dass sie irgendwann alle wieder auftauchen, früher oder später kommen sie alle wieder zurück, und sei es nur für einen kleinen Augenblick, um den Frieden zu finden, als würden sie ihrer Kindheit einen Besuch abstatten, bevor sie endgültig loslassen können. Den Frieden brauchen wir, um zu sterben, das lernen wir über die Jahre hinweg. Wie die Elefanten, die zum Sterben an ihren Ort zurückkehren, gezeichnet vom Leben, nach dieser langen Odyssee. Die Kämpfe muss man austragen, davor können wir nicht davonlaufen, da warst du mir ein Vorbild, mia Cara, wie stark du warst bis zum Ende, als du krank wurdest, jeden Tag von neuem hast du dich dem Leben gestellt, in aller Würde, er drückt die Lippen aufeinander und nickt.

Wir werden sterben, sagt er vor sich hin. Die Schule, das schöne Schiff, werden sie auf Grund gehen lassen, aber wir stehen trotzdem hin, wie die Musiker auf dem grossen Dampfer in dieser Nacht im April, diese vier tapferen Streicher, die wussten vom ersten Augenblick an, dass ihr Spiel vergeblich war, aber trotzdem stellten sie sich auf und spielten und spielten, und obwohl sie wussten, dass sie untergehen würden, liefen sie nicht auf dem Deck herum und suchten sich zu retten in einem dieser Boote, nein, sie blieben da und spielten, als würden sie der Vergänglichkeit im Leben trotzen. Und was auch kommen mag, wir bleiben hier und halten die Treue. Und was morgen ist, werden wir sehen, sagt er und bleibt noch einen Augenblick stehen und schaut den Grabstein an und die gelben Blumen. Die Glocke der Kapelle schlägt an, er setzt sich das Käppi auf, dreht sich ab und geht, bei der Ecke von der Kapelle bleibt er noch einen kleinen Moment stehen und blickt zurück, bevor er sich umdreht und um die Ecke verschwindet.

Arno Camenisch, Herr Anselm

© 2019 Engeler-Verlag, CH-4325 Schupfart,
alle Rechte vorbehalten.

Die erste Auflage erschien im August 2019,
die zweite Auflage im September 2019.
Lektorat Urs Engeler, Korrektorat Michèle Zoller,
Umschlaggestaltung Marcel Schmid,
Druck und Bindung Těšínska Tiskárna, Tschechien.

ISBN 978-3-906050-43-0

http://www.engeler-verlag.com